IEHAN MAROT

LYON

IMPRIMERIE DE LOUIS PERRIN

POEME INEDIT

DE

IEHAN MAROT

PUBLIE

D'APRES UN MANUSCRIT DE LA BIBLIOTHEQUE IMPERIALE

AVEC UNE INTRODUCTION ET DES NOTES

PAR

GEORGES GUIFFREY

A PARIS

CHEZ M. JULES RENOUARD

Rue de Tournon, n° 6

M D CCC LX

A M. ERNEST BAROCHE

MAITRE DES REQUETES AU CONSEIL D'ETAT.

PERMETS-MOI, mon cher Erneſt, de te préſenter un enfant perdu que j'ai retrouvé. Sur le point de faire ſon entrée dans le monde, il ſerait heureux de t'avoir pour parrain.

Je l'ai habillé & paré de mon mieux; ſi tu veux lui donner ton patronage, rien ne lui manquera pour ſe mettre en route.

Ce petit livre du reſte eſt de ta connaiſſance & il s'enhardit ainſi auprès de toi, en ſouvenir de ces cauſeries amicales & littéraires où nous avons ſi ſouvent parlé de lui.

Accueille-le donc bien, je te prie, & crois-le, lors qu'il t'aſſurera de la cordiale & ſincère amitié

De ton affectionné couſin,

G. GUIFFREY.

INTRODUCTION.

I

EN tête d'une édition ſans date de Jehan Marot, publiée par Pierre Roffet, & qui paraît être la première des œuvres de ce poète, on lit cet avertiſſement du libraire :

AUX LECTEURS.

Noſtre poete Jehan Marot (lecteurs debonnaires) de tant d'œuvres qu'il a faictes, ne recueillit durant ſes jours que les choſes contenues en ce livret. Leſquelles d'avanture apres ſa mort ſe trouverent eſcriptes de ſa main: & eſt la cauſe pourquoy nous appellons cecy ſon Recueil: *car de mille autres bonnes choſes qu'il a faictes, n'en daigna retenir ung vers. Recevez hardiment en gre ſi peu qu'il y en a: car jeſpere quant l'aurez leu: que non ſeulement l'extimerez, mais l'aures en admiration d'avoir tant bien eſcript ſans ſçavoir aucunes lettres ne Grecques ne Latines.*

Ces lignes dans leur brièveté nous diſent la fortune littéraire de Jehan Marot, & nous expliquent comment ſa réputation eſt peut-être reſtée au-deſſous de ſon mérite.

Au temps où Jehan Marot écrivait, l'art de l'imprimerie étant encore à ſes débuts, l'auteur faiſait lire ſon œuvre en manuſcrit; le manuſcrit paſſait de mains en mains dans un cercle aſſez étroit; puis, après avoir été lu & peut-être relu, il finiſſait par s'égarer, ou bien encore, s'il était l'objet d'une eſtime particulière, on le ſerrait par égard au fond d'un bahut où il s'enseveliſſait dans la pouſſière & dans l'oubli, & avec lui la mémoire de l'auteur.

L'imprimerie ouvrit une voie plus large & plus ſûre à la penſée humaine; mais, dans le culte qu'on avait alors pour la Grèce & pour Rome, on ſongea avant tout à ſauver les chefs-d'œuvre antiques : ils avaient été expoſés à tant de périls de la part de mains ignorantes ou ſacriléges, & le temps lui-même les reſpectait ſi peu! En multiplier les exemplaires était une ſauvegarde contre de nouveaux malheurs : on commença par Virgile, Homère, Ariſtote. En 1512, à l'époque où furent compoſés les vers contenus dans ce volume, on arrivait à Platon. Jehan Marot devait attendre & il attendit.

Le ſoin de ſa gloire paraît du reſte l'avoir préoccupé fort peu. Tout entier à ſa royale protectrice Anne de Bretagne, il ſemble avoir mis tout ſon plaiſir à écrire pour elle, ſans ſe ſoucier autrement du public, ni même de la cour, où il vivait par néceſſité de condition. Quant à la poſtérité, ſoit modeſtie, ſoit dédain, ſoit plutôt indifférence, les vues du poète ne s'étendent pas à elle. La poſtérité lui a rendu la pareille; c'eſt de loin en loin & comme par hafard qu'elle s'eſt ſouvenue de Jehan Marot; de rares éditions ont ſuffi à la contenter, éditions incomplètes, copiées ſur le premier *Recueil*, & encore, au témoignage de l'éditeur, faut-il y regretter l'abſence « de mille autres bonnes choſes. »

En parcourant le *Manuel du libraire*, où, ſous un titre modeſte, M. Brunet a fait tout ſimplement le livre d'or de la littérature, on eſt frappé de la diſtance qui ſépare les premières éditions de Jehan Marot de celles qui leur ſuccèdent par la ſuite. Il ne faut pas franchir moins de deux cents ans, & aller du ſeizième ſiècle au dix-huitième pour trouver d'abord l'édition de Couſtelier, de 1723, puis celle de Lenglet Dufreſnoy, de 1731, & c'eſt tout. Dans cette édition même, qui, juſqu'à préſent, paſſe pour la meilleure & la plus complète, les complaiſances, les prédilections ſont acquiſes à Clément Marot. En publiant les œuvres du père, le ſavant éditeur ſemble n'avoir agi que par acquit de conſcience, & peut-être bien pour ſuivre l'exemple de Clément Marot. Il donne du reſte le texte nu des anciennes éditions, ſans découvertes nouvelles, ſans commentaires, ſans notes. Ses études & ſa curioſité ſont ſans réſerve pour le créateur d'un genre de poéſie vraiment françaiſe par la grâce, & qu'on a déſigné de ſon nom.

Clément Marot fut donc le premier & preſque l'unique éditeur des œuvres de ſon père. Les autres éditions ont été copiées ſur la ſienne; on n'aurait pas ſongé ſans lui à former ce premier *Recueil;* après lui on n'y a rien ajouté. Ce pieux hommage à la mémoire paternelle fait bien au début de ſa carrière poétique. Mais après avoir ainſi aſſuré à ſon père les honneurs de l'impreſſion, Clément Marot ſongea à lui-même & ſe préſenta au public: ainſi, le 22 janvier 1532, il donne le *Recueil des œuvres de Jehan Marot poete & eſcrivain de la magnanime Royne Anne de Bretagne & depuys valet de chambre du tres chreſtien Roy François Ier de ce nom*, & le 22 août de la même année, il fait paraître ſon *Adoleſcence Clémentine*, chez le même libraire, Pierre Roffet; les deux livres ſortent des preſſes du même imprimeur, Geoffroy Tory.

A l'édition ſans date, mentionnée plus haut, Clément Marot ajouta quelques pièces nouvelles ; ſans doute celles qui lui tombèrent ſous la main. En faire plus ne lui était pas poſſible : ſa nature, ennemie de toute gêne & de tout embarras, eût reculé devant un travail de patience & d'érudition. Il était plus facile à Clément Marot de faire des vers que d'aller en quête de ces débris, oubliés ou perdus. Auſſi maintes œuvres de Jehan Marot qui « d'aventure » ne ſe retrouvèrent point dans ſes papiers après ſa mort, reſtèrent-elles pour un temps entre les mains des diverſes perſonnes auxquelles l'hommage en était adreſſé. Ces œuvres ſemblaient condamnées à l'oubli, lorſque pluſieurs bibliothèques particulières furent réunies au dépôt commun : c'était là pour les chercheurs l'occaſion de précieuſes trouvailles.

Une de ces bonnes fortunes échut à l'abbé Sallier. Prépoſé à la garde des manuſcrits de la Bibliothèque du Roi, ce ſavant académicien ne les aimait pas ſeulement pour leur bon ordre ſur les rayons, mais auſſi pour ce qu'ils renfermaient. Il y a dans les livres, quand on en a fait ſes amis, un charme ſecret qui attire ; ce ſentiment était très-vif chez l'abbé Sallier, il y cédait volontiers. Tout en rédigeant le catalogue du fonds Colbert, récemment acquis à la Bibliothèque du Roi (1), il prenait plaiſir à faire connaiſſance avec ſes nouveaux hôtes ; avant d'inſcrire un volume, il l'ouvrait, puis le feuilletait & ſouvent le liſait ainſi juſqu'à la dernière page. Telle fut ſans doute l'hiſtoire du manuſcrit de Jehan Marot. La découverte ne manquait pas d'intérêt. Près de douze cents vers inédits, inconnus ! L'Académie des Inſcrip-

(1) Le paſſage ſuivant, emprunté à l'*Eloge de l'abbé Sallier* (*Hiſt. de l'Acad. Roy. des Inſc. & Bell.-Lett.*, t. XXXI, pp. 310-311), nous apprend dans quelles circonſtances il rencontra les vers de Jehan Marot : « Son entrée à la Bibliothèque fut ſignalée par une époque fameuſe. On vit arriver preſque avec lui & comme à ſa ſuite une foule de nouveaux habitans, originaires de toutes les contrées du monde, reſtes précieux de tous les ſiècles, & qui n'étaient que plus eſtimables par leur vieilleſſe ; c'étaient les manuſcrits de M. Colbert. Ce grand Miniſtre, dont l'âme avait autant d'étendue que la puiſſance de ſon maître, les avait raſſemblés en même temps qu'il enrichiſſait ſon Prince & ſon pays du commerce des nations étrangères. M. l'abbé Bignon entreprit de réunir ces manuſcrits à ceux dont le Roi était déjà poſſeſſeur ; il chargea M. l'abbé Sallier conjointement avec M. l'abbé Targny & M. l'abbé Sévin de les examiner, de les apprécier, d'en dreſſer l'état. Ces trois ſavants, comparables à ces triumvirs que les Romains choiſiſſaient pour l'établiſſement de leurs colonies, s'acquittèrent de cette commiſſion avec cette capacité qu'on était en droit d'en attendre : la nouvelle peuplade, chargée de tréſors juſqu'alors inconnus, fut établie en 1732, & fit une des plus nobles parties de l'ancienne Bibliothèque. »

tions & Belles-Lettres fut informée de cette heureuſe aubaine dans un mémoire intitulé : *Recherches ſur les ouvrages de Jehan le Maire* (tome XIII de la collection). L'abbé Sallier y raconte que pour faire la cour à ſa royale protectrice, Jehan le Maire compoſa vingt-quatre rondeaux en l'honneur du rétabliſſement de la Reine; puis il donne une courte analyſe de la pièce de Jehan Marot ſur le même ſujet. Cette indication devait ſauver les vers du poète.

Sur ce témoignage, l'abbé Goujet, en 1747, parle de cette pièce dans ſa *Biographie de Jehan Marot* (*Bibl. fr.*, t. XI). Mais ce qu'il en rapporte eſt emprunté au mémoire de l'abbé Sallier; autrement, s'il avait eu le manuſcrit entre les mains, il n'eût pas manqué de citer quelques paſſages d'un texte inédit & curieux; obligé de s'en tenir aux paroles de l'abbé Sallier, puiſque le manuſcrit exiſte, il forme le vœu de le voir bientôt imprimé. Ce vœu devait longtemps encore reſter ſans effet. D'abord il ſe produiſait un peu tard. Lenglet Dufreſnoy avait publié, depuis quelques années, ſon édition des trois Marot, & ſi Clément était deſtiné aux honneurs de nombreuſes réimpreſſions, on ſemblait, pour un temps du moins, en avoir fini avec les œuvres de Jehan. Il ne rencontrait auprès des libraires & des annotateurs qu'un empreſſement fort médiocre, & ils auraient eu à ſon égard les meilleures intentions du monde, que d'autres circonſtances euſſent empêché cette pièce de figurer à ſon rang parmi les œuvres du poète.

Dans le mémoire de l'abbé Sallier ce manuſcrit eſt déſigné ſous le n° 1504; c'était bien en effet celui qu'il portait dans le fonds Colbert. Mais en paſſant à la Bibliothèque du Roi, il reçut le n° 7584 5.5. D'un chiffre à l'autre la diſtance eſt grande. Auſſi lorſque, croyant mettre la main ſur notre poète, nous avons demandé, à la Bibliothèque Impériale, le n° 1504, on nous a préſenté une paraphraſe des prophéties d'Iſaïe qui ne faiſait point notre affaire. Fort heureuſement la complaiſance de M. l'adminiſtrateur général & les recherches obligeantes & expérimentées de M. Michelant, prépoſé à ce ſervice, ſont venues à notre aide.

Nous avons pu nous expliquer alors la caufe de notre embarras & de cette erreur. Sur le dos du manufcrit, pour toute indication, fe lifait ce feul mot : VERS ! La banalité du titre s'ajoutant au changement de numéro, fallait-il rien moins qu'une nouvelle découverte pour tirer ce volume de fa pouffière & de l'oubli ?

Voici du refte fon fignalement détaillé, pour l'empêcher, à l'avenir, d'échapper à la haute furveillance des confervateurs & des bibliophiles : pages de format in-4° en peau de vélin & aux marges affez grandes ; écriture d'un beau gothique avec abréviations ; lettres majufcules de couleurs différentes, fe déroulant en capricieufes arabefques au commencement de chaque alinéa. Au moment d'être offert à la royale Ducheffe, car nous inclinons fort à croire que ce fut là l'exemplaire préfenté par Marot à la Reine Anne, ce manufcrit portait fans doute toilette de velours vert, comme on peut le conclure de débris encore adhérents aux feuilles arrachées à l'ancien carton de la couverture. Aujourd'hui fon coftume n'eft ni auffi élégant ni auſſi coquet ; il eſt de maroquin rouge aſſez mal dégroſſi, portant ſur les plats l'écuſſon de France & ſur le dos des L entrelacés, ſurmontés d'une couronne.

Au verſo de la feuille de garde, en regard de la première page du texte, on lit ces mots :

PRIERES SUR LA RESTAURATION DE LA SANCTE DE MADAME ANNE DE BRETAGNE ROYNE DE FRANCE.

A en juger par l'écriture, ce titre aurait été ajouté après coup, vers la fin du ſeizième ſiècle. En effet, cette indication était également inutile au poète qui offrait ſes vers & à la princeſſe qui les recevait. Mais ceux d'une autre époque qui ne ſont pas ſi avant dans la confidence des faits, trouvent dans ce titre un éclairciſſement précieux; & cependant, en diſant quelque choſe, il ne dit pas tout. Si la Reine a été malade, on veut ſavoir les détails de ſa maladie & le bulletin de ſa ſanté. Il n'eſt pas ſans intérêt, d'ailleurs, de comparer le récit du poète aux documents de l'hiſtoire, de voir quel parti il en a ſu tirer. Le reſpect de la vérité eſt chez Jehan Marot un mérite atteſté par ſes contemporains. S'il n'eſt pas un poète de premier ordre, on peut du moins le croire comme un narrateur des plus fidèles.

II

Sans écrire, à l'occaſion du petit fait qui nous occupe, la biographie complète de la Reine Anne (1), nous avons voulu retrouver du moins les circonſtances qui furent pour ce poète une occaſion nouvelle de manifeſter ſon dévouement & ſa reconnaiſſance.

Un des plus ardents déſirs de cette Reine fut, pendant toute ſa vie, de donner à Charles VIII d'abord, à Louis XII enſuite, un hé-

(1) Parmi les travaux les plus récents qui ont été publiés ſur la vie de cette princeſſe, nous citerons ceux de MM. Merlet & de Gombert, en tête de l'édition qu'ils ont donnée du *Récit des funérailles d'Anne de Bretagne* (Aubry, Paris, 1859), & l'étude de M. Leroux de Lincy qui ſe trouve dans la Bibliothèque de l'Ecole des Chartes (t. I, 3e ſérie, p. 148), ſous le titre de : *Détails ſur la vie privée d'Anne de Bretagne*.

ritier qui eût fait asseoir les descendants de la maison de Bretagne au trône des Rois de France. A plusieurs reprises cet espoir fut sur le point de se réaliser; mais, presque à leur naissance, tous les fils de la Reine périrent comme marqués d'un sceau fatal. Le premier, Charles-Orland, né le 16 décembre 1491, tenu sur les fonts par François-de-Paule, ne fut point préservé par ce saint patronage. Dans les années 1496 & 1497, Anne de Bretagne donna encore le jour à deux fils, qui furent enlevés à l'âge de quelques mois. Avec Louis XII, de 1500 à 1502, elle eut deux autres fils qui passèrent si rapidement, que l'histoire n'a pas même conservé leurs noms.

En 1511, la Reine est grosse de nouveau. Peut-être, après tant de douleurs & d'épreuves, le ciel voulait-il lui accorder enfin l'accomplissement de son vœu le plus cher. Les joies, les inquiétudes de la Reine, du Roi, de la cour, à l'occasion de cet événement si ardemment désiré, si triste dans son issue, sont peintes au vif dans des correspondances de l'époque recueillies au dix-huitième siècle par Godefroy (1) & récemment par M. Le Glay (2). On y ſuit preſque jour par jour les péripéties de ce petit drame de famille auquel la politique prenait auſſi un ſi haut intérêt; à travers des alternatives d'angoiſſes & de confiance, on arrive à un deuil ſuprême ſans conſolation dans le paſſé, ſans eſpoir dans l'avenir. La Reine en reſſentit un coup terrible & faillit y ſuccomber; ſa ſanté ne ſe releva point de l'altération profonde qu'elle en éprouva. Son énergie la ſoutint toutefois pendant deux années encore; mais elle vécut languiſſante juſqu'à ce que la mort mît fin à ſa douleur.

Les extraits de ces pièces, écrites ſous l'impreſſion du moment, empreintes du caractère de l'époque, nous ont paru pour l'œuvre du poète la meilleure préface & le meilleur commentaire; rien ne vaut, en pareil cas, les paroles mêmes des contemporains & des intimes.

André de Burgo, envoyé de Marguerite d'Autriche à la cour de France, donne le pre-

(1) *Lettres du Roy Louis XII & du cardinal George d'Amboiſe*, 4 vol. in-12, Bruſſelle, 1722.

(2) Collection des documents inédits. *Négociations diplomatiques entre la France & l'Autriche*, 2 vol. in-4°.

mier la nouvelle de l'état où ſe trouve la Reine. Le 6 juillet 1511 (1), il écrit de Valence, où était alors la cour :

Le bruit eſt que la Royenne eſt groſſe; je luy ay demandé, mays elle ne me l'a pas confeſſé: & ſa couſtume auſſy eſt à non le dire jamays juſques lon le voit; mays le Roy m'a dit qu'il le croit & quaſy a demy confeſſé.

(Le Glay.)

La politique, comme on le voit, ſe tenait aux aguets. Elle épiait les moindres ſymptômes, les recueillait, les commentait; ſans approfondir ſes calculs, nous profiterons de ſes confidences, elles ſont pour la poſtérité de précieuſes indiſcrétions; grâce à elle, nous ſuivrons les préoccupations de tous à l'approche de l'événement qui ſe termina par une grande douleur, lorſque encore une fois la Reine, le Roi, la France ſe

(1) A l'époque où ces lettres furent écrites, l'année commençait à Pâques, bien que Pâques ſoit une fête mobile. Ce fut ſeulement ſous Charles IX, en 1564, que l'on en revint à fixer le premier jour de l'an au 1er janvier, comme l'avait fait Jules Céſar. L'année 1511 avait donc commencé le 21 avril de ladite année pour finir le 12 avril 1512.

virent trompés dans leur attente. Jehan Marot, qui était de la cour, qui aimait la Reine comme sa souveraine & comme sa protectrice, dut ressentir plus vivement que tout autre ces alternatives de joie & de tristesse; il les fit donc redire tout naturellement à sa muse, en mêlant à la peinture de ses craintes des actions de grâce pour le rétablissement de la royale malade. Mais avant le poète, la parole est aux correspondants de Marguerite d'Autriche, qui, en écrivant pour elle, ont aussi écrit pour nous. De Valence encore, le 19 juillet 1511, André de Burgo lui envoie le message suivant :

De jour en jour se tient plus de certain que la Royenne est grosse; je prie Dieu quil luy doint l'accomplissement de ses desirs.

(Le Glay.)

Cette dernière phrase contient à la fois un souhait & une inquiétude. Les grossesses de la Reine avaient été si fréquentes & si malheureuses ! Cependant, comme les apparences étaient des plus favorables, le Roi ne cache plus l'état de la Reine, & Mercurin de Guattinara, Piémontais au ſervice de l'Autriche & envoyé comme André de Burgo à la cour de France, écrit à Marguerite :

20 juillet 1511, *à Mathan.*

Le Roy de France c'eſt excuſé de l'aſſemblée pour ce que ſa femme eſt groſſe & luy goteux & cela faict refroidir les choſes.

(Le Glay.)

Dans une autre lettre, André de Burgo eſt plus explicite encore : 25 *juillet* 1511. *La Royne eſt ja groſſe de trois mois.* (Godefroy.) Dès lors les précautions redoublent ; on ſe ſouvient des malheurs paſſés ; la Reine ne reçoit plus, elle s'enferme dans ſes appartements ; les négociations en ſouffrent, & André de Burgo écrit à Marguerite qu'il a été dans l'impoſſibilité de voir la Reine : *Pour non eſtre ſortye de deux jours de ſa chambre.* (Le Glay.)

Parmi ſes réſidences de prédilection, Anne

de Bretagne aimait ſurtout ſon château de Blois. Elle le choiſit pour y faire ſes couches. Là, au milieu de la petite colonie qu'elle avait amenée de ſon duché, apercevant de ſa fenêtre ſes bons & braves ſerviteurs qui donnèrent leur nom à la fameuſe *Perche aux Bretons*, la Reine ſe ſentait plus heureuſe & plus à l'aiſe. La cour ſe mit donc en route. Une lettre d'André de Burgo, écrite en latin, apprend à Marguerite d'Autriche le départ de Valence, & lui donne de curieux détails ſur les moindres particularités du trajet; elle eſt datée de Saint-Valérien, 19 août 1511.

Regina autem continuo venit per aquam (elle ne pouvait ſupporter la voie de terre) *propter ventrem ſuum jam tumeſcentem. Jam nullum dubium eſt quin ſit prægnans. Demonſtrat Rex quod nullibi morabitur, neque Lugduni, preter duos dies, donec ſit Bleſis.*

(Godefroy.)

Aucun incident ne ſignale la route, la voyageuſe arrive à Blois ſans fatigue & pleine de ſanté. Elle ſe ſent même aſſez bien pour recevoir, & André de Burgo, admis auprès d'elle, s'empreſſe de rendre compte à Marguerite de ce qu'il a vu :

Blois, 17 ſeptembre 1511.

Madame, j'ay viſité la Royne de voſtre part & dit ce qu'il me ſembloit au propos, elle vous remercye & ſe recommande bien à vous me diſant tout plain de gratieuſes paroles, elle eſt en très bon point & ſon ventre ſe fait tous les jours plus gros. (Godefroy.)

Cette lettre eſt bientôt ſuivie d'une autre qui nous introduit en pleine cour & nous tranſmet un trait de mœurs des plus piquants à recueillir. La mère a ſenti remuer l'enfant. Auſſitôt les médecins, dont la ſcience n'a rien à apprendre du côté de la flatterie, déclarent avoir reconnu à des ſignes infaillibles que la Reine donnera un héritier au trône de France. Sur cette parole, l'allégreſſe eſt au comble. Voici du reſte les curieuſes paroles d'André de Burgo à ce ſujet :

27 ſeptembre 1511.

Heri la Regina commencio à ſentir la creatura ſua, del che el Re & tutta la Corte neſta molto allegra, & il movimento è ſtato de modo che tanto per queſto como per li altri indicii, li medici fanno judicio che el havera uno maſculo. (Godefroy.)

Cinq mois s'écoulent enſuite ſans autres nouvelles ſur l'état de la Reine; pendant ce temps ſans doute les choſes ſuivirent leur cours naturel. Le ſilence des correſpondants de Marguerite d'Autriche à cet égard peut auſſi s'expliquer par des préoccupations d'un autre genre. La queſtion italienne, comme on dirait de nos jours, était loin de s'arranger & de s'éclaircir. Le pape Jules II, maniant auſſi volontiers les armes temporelles que les ſpirituelles & ſachant également bien ſe ſervir de l'épée & de l'excommunication, tenait la campagne & oppoſait à Louis XII non-ſeulement ſes ſoldats, mais encore ſes conciles. Pour Anne de Bretagne, il n'y avait qu'à attendre; pour les affaires d'Italie, l'iſſue ne s'annonçait point auſſi prochaine &

auſſi raſſurante. On voit du reſte dans une lettre d'André de Burgo, du 12 janvier 1511 (1), qu'il ne s'élevait aucun motif de crainte ſur l'état de la Reine :

La Royenne eſt fort plainne, dit-il, *& extime l'on qu'elle ſera ſon enfant à la fin de ce mois ou au principe de l'autre.*

(Godefroy.)

Ces prévifions furent trompées de quelques jours, la Reine accoucha le 21. La correſpondance ne fait mention d'aucun accident qui puiſſe expliquer les ſuites malheureuſes de la groſſeſſe; la marche en avait été régulière, la Reine mit cependant au monde un enfant mort. Les médecins avaient eu raiſon en annonçant un fils, mais leur ſcience fut impuiſſante au delà. Pour cette fois André de Burgo laiſſe la plume à Jean Le Veau, un de ſes ſecrétaires; la nouvelle eſt ſimplement & triſtement tranſmiſe à Marguerite d'Autriche :

(1) C'eſt 1512, nouveau ſtyle; voyez la note, page 21. La même obſervation s'applique aux dates ſuivantes.

23 janvier 1511.

Madame, le jour devant hier, qui fut le vingt & un de ce mois, à trois heures apres midy, la Royenne ſe delivra d'ung fils lequel neuſt point de vye, dont le Roy fut bien dolant; toutesfois icy l'on n'en fait aultre ſemblant puiſque Dieu le veult ainſi. (Godefroy.)

On prit d'abord le parti de la réſignation; mais ſi la douleur ne ſe trahit point en grands éclats, elle n'en fut ni moins ſincère ni moins vive, ſurtout chez la Reine; pour la ſixième fois elle voyait la ruine de ſes vœux les plus chers. Son courage était grand, mais ſes forces s'épuiſaient. Elle ſe roidit toutefois dans les premiers inſtants & elle eut aſſez d'empire ſur elle-même pour tenir encore un mois entier. Quant à Louis XII, s'il fut d'abord bien dolent, l'impreſſion ne fut pas durable; n'aimant pas à s'arrêter aux penſées triſtes & affligeantes, il chercha des diſtractions dans des parties de chaſſe & dans les plaiſirs de la table. La ſecouſſe paſſée, toute inquiétude s'évanouit pour lui.

D'ailleurs la Reine, malgré la perſiſtance d'une petite fièvre de lait, ne paraiſſait-elle pas en bonne voie de guériſon!

Afin d'effacer juſqu'aux dernières traces d'un pénible ſouvenir, le Roi partit, le 16 mars, avec l'aînée de ſes filles, Madame Claude, pour aller *ſoi esbattre*, ſuivant l'expreſſion d'André de Burgo. Il devait être abſent une douzaine de jours. Les agitations de la chaſſe, les douceurs de la bonne chère eurent bientôt remis en belle humeur ce roi d'une légèreté & d'une inſouciance dont on rencontre la preuve dans toute ſa vie & juſque dans l'extravagante diſproportion de ſon dernier mariage.

Quant à la Reine, le mieux ſe ſoutint quelques jours encore après le départ du Roi. Sa force de caractère bien connue, ſa volonté de Bretonne paraiſſaient avoir pris le deſſus. Si le chagrin perſiſtait, la maladie allait en décroiſſant, on le penſait du moins à la cour. André de Burgo, raſſuré par ce qu'il voit, par la confiance de tous & probablement auſſi par le témoignage des médecins, écrit, le 22 mars, à ſa ſouveraine que *la Royenne ſe porte mieulx qu'elle ne ſouloit, car la fiebvre qui la ſouloit tenir tous les vendredis l'a habbandonnée.* (Le Glay.)

Ce répit ne fut pas de longue durée ; la fièvre puerpérale revint plus intenſe & plus cruelle. La criſe fut terrible, la royale malade faillit y ſuccomber. Pendant pluſieurs jours tout eſpoir ſembla perdu.

En liſant la relation de ces détails, on ne peut s'empêcher de partager l'émotion & le trouble qui percent à chaque mot d'André de Burgo. Sa lettre a été écrite à pluſieurs repriſes, ſans doute au milieu de ſes allées & venues pour avoir les dernières nouvelles ſur l'état de la Reine. Il décrit ſi vivement ſes impreſſions & celles dont il eſt témoin, qu'on ſe croit tranſporté au château de Blois, dans les vaſtes ſalles voiſines de la chambre royale. La foule des courtiſans ſe preſſe, inquiète & ſilencieuſe, dans les antichambres. On s'interroge à voix baſſe, on voudrait du nouveau, & cependant on l'appréhende ; on attend dans la plus morne anxiété. Ecoutons André de Burgo :

Blois, 28 mars 1511.

La Royne, comme j'advertiz derrenierement madame, estoit quasy guarye; mais hier, à la nuit, luy survint bien fort la fievre & autre accident tellement qu'elle fut en grand dangé de sa vie; aujourd'huy elle s'est trouvé assez bien, mais ce soir, derechief, la maladie luy est aggravée, de maniere qu'elle estoit en peril de mort; toutesfois j'espere en Dieu qu'il l'aydera, & ne seroit point au propos de nostre maison son trespas. Lon verra comme elle fera ceste nuit, & en advertiray ma dite dame.

J'ay tenue la poste jusques à ce matin afin d'entendre myeux comme ce seroyt pourtée la Royne ceste nuyt.

De main (de matin) *je me suis parforcé d'en sçavoir la verité, mais je ne l'ay pas peu entendre : toutesfois m'a esté rapporté que, cestedite nuyt passée, elle avoit pardue la parole, & estoit oultre tout espoir de vie; mais, après qu'elle a reçue Notre Seigneur, elle s'est mieux trouvée cedit matin; jay entendu quelle labouroit à la fin de ses jours avec petit espoir : Nostre Seigneur luy vueille donner santé.* (Le Glay.)

Jehan Marot était là, en proie à ces émotions, partageant ces angoiſſes. Poète favori de la Reine, ſon affliction devait s'accroître encore de ſa reconnaiſſance. Il tenait de ſa ſouveraine une vie ſi douce & ſi honorée! Sa condition lui rendant facile l'accès du palais, il put voir mieux que tout autre les pleurs de Nobleſſe, entendre les gémiſſements d'Egliſe, recueillir les ſanglots de Labeur.

Cependant le Roi était abſent, il chaſſait. On lui écrivit en toute hâte à Pont-Luyt, où il était avec ſa fille aînée, Madame Claude, le jour chevauchant en plaine & en forêt, & feſtoyant le ſoir. Un peu d'amélioration dans la ſanté de la Reine l'ayant raſſuré, il était parti pour une ſemaine ou deux. Dans ſes vers, le poète conſigne ce détail avec l'exactitude d'un hiſtorien.

La Reine paſſa deux jours à l'agonie, mais enfin ſe manifeſtèrent les ſymptômes précurſeurs de la convaleſcence. Jehan Marot entendit crier au miracle & crut au miracle avec cette foule pleine de foi. Si donc, dans ſes vers, il rapporte la guériſon de la Reine à la toute-puiſſance divine, s'il met en mouvement pour lui venir en aide les puiſſances céleſtes, ce n'eſt pas ſeulement pour agrandir le cadre de ſon œuvre, pour y jeter un peu de ce merveilleux ſans lequel il n'eſt point de poéſie : ſous les formes de la fiction il eſt l'interprète des ſentiments de tous. Un changement auſſi ſubit n'avait pu s'opérer que par le doigt de Dieu, c'était un miracle : André de Burgo le dit en annonçant le retour de la Reine à la ſanté :

30 *mars* 1511.

Videtur quod Deus *velit juvare bonam dominam* miraculoſe ; *recuperavit enim pulſum qui totaliter perditus erat ; febris multum declinavit.* (Le Glay.)

L'œuvre de Jehan Marot eſt en germe dans ce mot *miraculoſe.* Pour tous il y avait eu prodige & miracle. Seulement le poète, en s'emparant de la penſée commune, la revêt des formes de ſon imagination, &, dans ſa pieuſe légende, donne un contour plus arrêté & plus ferme aux viſions douteuſes de la foule, aux ombres entrevues par des âmes naïves & croyantes.

La maladie vaincue cède peu à peu ; la Reine eſt en voie de guériſon, on n'en peut plus douter ; on s'en réjouit non ſans éprouver encore quelques craintes au ſouvenir d'un ſi rude aſſaut. La lettre d'André de Burgo datée du 4 avril paraît écrite ſous cette impreſſion ; il eſpère beaucoup ſans être tout à fait raſſuré :

Per poſtam quam expedivi die penultima martii, monui V. S., inter cætera, de eo quod ſucceſſerat in egritudine Regine; deinde, quamvis continuo febri laboraverit & laboret, tamen eſt longe levior, & ceſſarunt cætera mala accidentia propter que fuerat in puncto mortis, adeo quod reputatur extra periculum & ſperatur quod, cum auxilio Dei, convaleſcet. Condolui cum Rege de egritudine ejus & fui congratulatus nomine V. S., ſicuti debui, quod convaleſcat. (Le Glay.)

En apprenant à ſa maîtreſſe qu'il s'eſt acquitté ſelon toutes les lois de l'étiquette des compliments d'uſage en pareille circonſtance, André de Burgo nous renſeigne ſur ce qui nous intéreſſe, ſur les détails de ce retour ineſpéré à la ſanté. Une fois la Reine en convaleſcence, rien n'empêcha plus le Roi de repartir à la chaſſe. Les longs ſoucis n'étaient point ſon fait, auſſi fut-il bientôt à ſes épieux & à ſes filets. Ce trait de caractère eſt précieux à noter; il ne dépare point ceux qu'on connaît du même monarque.

Ce petit épiſode touche à ſon dénoûment; une lettre d'André de Burgo nous en dira la fin en nous raſſurant ſur le ſort de tous les perſonnages que nous y avons vus figurer:

13 & 14 avril, Blois.

Regina, his duobus diebus, melius ſe habuit; & ideo Rex hodie receſſit, iturus procul hinc ſeptem leucticas inter nemora & in venatione & aucupiis, &, ſicuti conſuevit, duxit ſecum dominam Claudiam. (Le Glay.)

Voilà l'hiſtoire, voyons maintenant le poète en préſence des faits; voyons comment il a ſu s'en ſervir & donner un libre cours aux élans de ſon cœur, aux épanchements de ſon âme, à ſa pieuſe tendreſſe envers ſa protectrice.

III

Jehan Marot a tout d'abord recours à un procédé fort à la mode de ſon temps. Le cadre où il a placé ſon petit poème eſt une eſpèce de paſſe-partout dont ſes confrères en Apollon ont parfois pouſſé l'uſage juſqu'à l'abus. Quand les poètes, & ſurtout ceux d'alors, veulent ſe mettre en rapport avec le monde ſurnaturel & ſortir des limites de la vie terreſtre, ils ſimulent le ſonge & s'endorment, au riſque d'aſſoupir leurs lecteurs. Le rêve eſt quelquefois de longue durée. En veut-on un exemple? Le roman de la Roſe, ce modèle par excellence de tous les poètes qui ſe mêlaient alors de verſifier, eſt un ſomme de vingt-cinq à trente mille vers. Il y en aurait pour *la Belle au bois dormant* & toute ſa cour. Jehan Marot s'endort d'après le même procédé, mais il ſe réveille un peu plus vite. Il s'endort ſous le poids des inquiétudes de la veille, &, au milieu de cet état confus qui accompagne la première torpeur, il arrive au poète comme une vague rumeur de prières & de ſanglots. Les préoccupations, les craintes qui l'obſédaient pendant la veille ne l'ont point abandonné, ſeulement il en a une perception plus ferme & plus préciſe : ſes ſenſations ſont devenues des perſonnages qui vivent & ſe meuvent devant lui. Ce n'eſt pas tout : ſon eſprit, ſe dégageant de ſon enveloppe corporelle, ſecouera les derniers liens qui l'attachent à la terre & prendra ſon vol loin de notre humble planète, vers les plaines éthérées.

Après ce prologue, l'action commence. Elle ſe diviſe en deux parties. Dans la première, la ſcène eſt ici-bas, en ce ſéjour de larmes & de douleurs. Une proceſſion s'avance compoſée « de tous Etats mondains & Gens d'égliſe. » Le poète ſe mêle à la foule & ſuit le cortége. Il entend des paroles pleines de larmes. Il écoute; on s'entretient de la maladie de la Reine Anne de Bretagne. Dans ces lamentations & dans ces pleurs, ſe retrouve certainement l'image fidèle du ſpectacle qui s'offrait à Jehan Marot dans les ſalles, dans les antichambres, dans les cours du château de Blois; il raconte ce dont il a été témoin alors que chacun recueillait avec anxiété les nouvelles de « cette brave Reine, » en proie à toute la violence de la maladie. On croit voir les viſages inquiets & contriſtés de la *Perche aux Bretons*. On croit entendre les prières & les ſanglots débordant du cœur de tous les malheureux comblés des largeſſes & des bienfaits de la Reine.

La foule ſe rend à l'égliſe. Là, déſormais, eſt le dernier eſpoir. Au-deſſus de cette foule ſi preſſée, dont les flots ſe perdent dans le lointain, ſe détachent trois figures qui la perſonnifient & repréſentent la France entière. Ce ſont *Nobleſſe*, *Egliſe* & *Labeur*. Tous trois viennent ſe proſterner devant Dieu & l'implorer pour la guériſon de la Reine. Cette perſonnification d'êtres abſtraits, familière à Jehan Marot, lui eſt commune avec les autres poetes de ſon temps.

De ces trois perſonnages, le plus à l'écart,

le plus humble, mais non le moins affligé, c'eſt *Labeur*. Il mérite une attention toute particulière : ſon nom eſt heureuſement choiſi pour exprimer d'un coup la force, l'intelligence & l'eſpoir du pays. Comme nous aimons mieux *Labeur* que *Tiers-Etat* employé auſſi à déſigner tout ce qui n'était pas la nobleſſe & le clergé! *Tiers-Etat* c'eſt l'excluſion, conſtituant par en bas l'ariſtocratie qu'elle détruit par en haut. *Labeur* ouvre ſes rangs à tout le monde, il fait appel à toutes les gens de bonne volonté. *Tiers-Etat* a diſparu tout comme les diſtinctions de *Nobleſſe* & de *Clergé*, parce qu'il était lui-même une diſtinction; *Labeur* comprend, ſans acception de caſte, ſans démarcation de privilége, tous les enfants du même ſol qui veulent contribuer à la gloire & à la grandeur de la commune patrie.

Nobleſſe, *Egliſe* & *Labeur*, tous trois avec une phyſionomie propre & diſtincte, adreſſent à Dieu des vœux entremêlés de ſanglots pour la ſanté de leur Souveraine.

C'eſt *Nobleſſe* qui commence; elle tient trop à ſes droits & priviléges pour céder le pas à perſonne. Elle gémit à la penſée du triſte ſort qui menace la Princeſſe accomplie, dernier rejeton de l'une des plus glorieuſes familles de France. Si le mal ſe diſſipait, *Nobleſſe* conſerverait l'eſpérance de voir au Roi, l'année ſuivante, un héritier, un beau dauphin, à elle-même un chef digne de la commander, car il n'en ſerait point d'autre devant qui elle fût diſpoſée à fléchir ſon front ſuperbe. Peut-elle ſe réſigner d'ailleurs à perdre la bienfaitrice des nobles en détreſſe, toujours inépuiſable dans ſes libéralités! On eſt un peu fâché de voir percer ſous ces prières & ſous ces pleurs comme un grain d'égoïſme & d'orgueil.

Egliſe vient enſuite ſupplier le ciel pour Anne de Bretagne. Si ſes vœux ne ſont pas moins ardents, ſes motifs ſont tout auſſi perſonnels. La Reine a tant donné aux monaſtères, contribué à tant de fondations pieuſes! Elle enlevée, la ſource la plus abondante des aumônes ſerait tarie. Et puis, dans ces temps de troubles cauſés par les inſatiables ambitions du Souverain Pontife, *Egliſe* a ſurtout beſoin de cette Princeſſe pour aplanir les voies de la paix. Prêtres &

moines, qui tous vivent par la Reine & mourraient de ſa mort, élèvent leurs prières vers le trône du Seigneur.

A ſon tour s'avance *Labeur*, le pauvre « mécanique, »

Homme robuſte en ditz, geſtes & fais.

Il eſt entouré de gens de métiers, de laboureurs & de marchands, la force & la vie du pays. *Labeur* eſt tout cœur & tout dévouement pour Anne de Bretagne; comment ne l'aimerait-il pas? Par ſon mariage avec Louis XII, la ducheſſe de Bretagne a mis fin aux guerres civiles; par ſa ſageſſe & ſa fermeté, elle a coupé court aux exactions des gens d'armes, aux pilleries des gens de finance; en un mot, depuis elle & par elle a ceſſé toute « mengerie. » La Reine eſt la ferme colonne ſur laquelle repoſe la tranquillité du royaume, l'image & le modèle de toutes les vertus: Dieu ne voudra pas priver *Labeur* de ſa conſolation & de ſon refuge. S'il faut des victimes au ciel, il devrait bien plutôt frapper ces « pillars, » ces « traîtres léopars » les Anglais, déſerteurs de la mère-patrie, & pendant plus de cent ans cauſe de tout deuil & de toute miſère. Cet élan patriotique part de l'âme : *Labeur* aime trop la France, cette terre glorieuſe, pour ne pas en déteſter les ennemis, pour ne pas bénir ceux qui la font grande & proſpère. Enfin, s'écrie *Labeur*, ſi la Reine ſuccombe, que deviendrai-je,

...... moi povret, mes enfans & ma femme?

Arrêtons-nous ſur ce trait plein de charme & de délicateſſe ; on y découvre bien mieux qu'en de longues phraſes les liens qui uniſſaient le peuple à ſa ſouveraine.

Dans l'enſemble de cette première partie, il faut reconnaître au poète le mérite d'avoir été l'interprète fidèle de ſes perſonnages, de n'avoir rien changé à leurs traits ni à leurs penſées, de nous les avoir peints comme il les avait vus, d'avoir ſu rendre dans leur langage les impreſſions diverſes de leur âme.

Les ſupplications finies, la ſcène change, mais de la manière la plus ſimple. Portées ſur les ailes des anges, les prières s'élèvent doucement de la terre vers les cieux entr'ouverts pour les recevoir. Jehan Marot devenu un pur efprit, tandis que fon corps fommeille, monte à leur fuite jufqu'au trône du Tout-Puiffant. Ebloui des magnificences du célefte féjour, il décrit en quelques vers les félicités éternelles & femble regretter de n'y être admis qu'en fonge. Mais un grand événement fe prépare, on attend l'arrivée prochaine d'Anne de Bretagne.

Bientôt les *Vertus*, apportant les vœux d'en bas, intercèdent pour la Reine auprès de Dieu, & demandent qu'il laiffe aux hommes ce miroir fi pur de toutes perfections. *Charité*, la première, retrace les mérites de la Reine. Sa vie, fans doute, eft riche de bienfaits; mais fi l'heure de fon trépas eft retardée, fi elle vit encore pour les infortunes qui reftent à foulager, fes bonnes œuvres fe multiplieront, & fa place dans le ciel fera d'autant plus glorieufe; auffitôt on entend un concert de louanges à l'uniffon des paroles de *Charité*. Ce font les âmes des pauvres bleffés que la Reine a fecourus dans leur détreffe, des jeunes filles qu'elle a recueillies ou pourvues, des orphelins à qui elle a ſervi de mère. Ces âmes, réunies aux céleſtes légions, célèbrent à l'envi cette bonne Princeſſe ſi ſenſible & ſi douce au malheur.

Foi a beaucoup à dire auſſi pour Anne de Bretagne. C'eſt la lumière qui brille au milieu des ténèbres, c'eſt le rempart des ſaintes croyances trop ſouvent menacées. On pourra s'étonner de certains paſſages au moins ſinguliers dans une pareille bouche. Pour mieux célébrer les qualités de la Reine, *Foi* s'aventure dans des comparaiſons mythologiques, & ne recule point devant un parallèle avec les déeſſes & les héroïnes de l'antiquité ; elle abaiſſe Junon, Minerve & Didon pour exalter Anne de Bretagne. Ces emprunts au paganiſme font un effet des plus étranges. Cette confuſion du ciel chrétien & de l'Olympe ſe rencontre, comme on le ſait, juſque dans les vers des Jéſuites ; mais leur tolérance en cela n'eſt pas préciſément d'accord avec le bon goût.

Eſpérance ſuccède à *Foi*. Ici le ſujet commence à s'épuiſer & l'effort ſe trahit. Pour donner le change au lecteur & ſoutenir l'intérêt, le poète exécute un de ces tours de force littéraires déjà en vogue à cette époque : Efpérance n'avait plus grand'chofe à dire après fes deux compagnes ; pour diftraire l'attention, Jehan Marot la fait parler en vers équivoqués. Nous préférons la naïveté des vers précédents ; ces raffinements font trop reffembler la jeuneffe de notre littérature à fa décrépitude.

D'autres Vertus, mais heureufement celles-là font muettes, viennent fe profterner devant celui qui tient dans fes mains la vie & la fanté des mortels. Ce font *Force*, *Juftice*, *Libéralité*. Le poète fent ici fon flatteur. Entre Charlemagne, porte-enfeigne de *Force*, & faint Louis, de *Juftice*, Jehan Marot a placé François, duc de Bretagne & père d'Anne, tenant l'étendard de *Libéralité*. Ce prince joint fes prières à celles de l'armée divine pour obtenir la fanté de fa fille.

Dieu ne réfifte pas davantage, il fe laiffe fléchir à tant de vœux ; il commande, auffitôt *Miféricorde* & *Pitié* vont préparer pour la Reine une divine & infaillible mixture. Les meffagères céleftes s'élancent dans l'efpace & parcourent une route quelque peu mythologique à travers les ſignes du zodiaque. Arrivées ſur notre planète, un ſoin unique les préoccupe, c'eſt de recueillir les herbes & les ſimples les plus propres à ſauver la royale malade. En conſéquence, elles viſitent les jardins les plus célèbres du paganiſme auſſi bien que le Paradis terreſtre, où elles récoltent d'abord les fruits de l'Arbre de vie & le Cinnamome, dont il eſt ſi ſouvent parlé dans la Bible. De là, elles ſe rendent au jardin des Heſpérides, où le dragon leur laiſſe prendre quelques pommes; elles ſont enſuite proviſion de feuilles du rameau d'or de Virgile & de brins de l'herbe qui donna l'immortalité au pêcheur Glaucus. Si ce mélange paraît bizarre, il ne faut pas l'oublier, le poète eſt en plein ſommeil; il rêve & c'eſt là ſon excuſe. Le ſonge finit du reſte de la manière la plus heureuſe; au réveil, la réalité continue ces douces viſions, & le dormeur apprend que les jours de ſa ſouveraine ſont déſormais hors de danger.

IV

Maintenant nous pourrions nous demander ſi, à part le mérite de l'inédit & l'attrait de l'inconnu, nous avons eu tort ou raiſon de ſortir ces vers de leur pouſſière. En laiſſant au lecteur le ſoin de la réponſe, nous éviterons un double danger : juger ſévèrement cette œuvre ferait mal à nous, elle nous a procuré le plus grand plaiſir du curieux, celui de la découverte; la vanter trop haut pourrait mettre en garde contre nos éloges, parce que nous ſommes peut-être trop intéreſſé dans la queſtion. Nous nous contentons d'offrir, avec leurs qualités & leurs défauts, ces vers dignes, après tout, de tenir leur place comme beaucoup d'autres, dans le bagage poétique de Jehan Marot & dans notre hiſtoire littéraire.

Si les notes du poète ne ſont pas toujours hardies & inſpirées, elles ſe ſoutiennent du moins ſur un ton naïf & ſimple; ſi l'on n'y rencontre pas les grandes inſpirations du génie, on ſe ſent à l'aiſe dans la ſociété d'un honnête & agréable rimeur. En appréciant les œuvres de Jehan Marot, on doit lui tenir compte des temps difficiles où il a vécu; on cherchait alors la voie, on n'avançait qu'au prix de longs tâtonnements & de rudes labeurs. Jehan Marot & ſes contemporains furent les derniers pionniers de ce champ inculte mais fécond, &, dans le ſillon tracé par eux, s'épanouirent bientôt, aux douces briſes de l'Italie, les fleurs d'une poéſie nouvelle. Les expéditions de Louis XII & de François Ier dans la patrie du Dante & de Pétrarque révélèrent des tréſors inconnus. Notre langue eſſaya ces parures, elles ne pouvaient lui aller du premier coup; il fallait les mettre à ſa taille, elle avait beſoin elle-même d'être façonnée & polie. Ce travail épuiſa, au début du ſeizième ſiècle, les efforts & le talent de nos écrivains. Tâche ingrate & obſcure, mais pleine de dévouement, mais digne de reconnaiſſance, car elle préparait la richeſſe de l'avenir.

C'eſt par là que tous les écrits de Jehan Marot offrent de curieux ſujets d'étude; on y trouve un mélange inexpérimenté de mots nouveaux, les uns viables, les autres éphémères, avec des tentatives d'emprunt à la langue grecque, honorée alors comme aux beaux jours de ſon antique ſplendeur. Sous le charme d'une révélation inattendue, nos poètes n'ont qu'un déſir, qu'une penſée, faire participer notre langue à cette douce muſique de l'idiome d'Homère & de Platon.

Nous ne dreſſerons point la liſte des expreſſions grecques ou latines employées par Jehan Marot; il y aurait là cependant une étude curieuſe pour l'hiſtoire de notre langue. Nous nous bornerons à en donner quelques échantillons. Le grec a fourni les mots *plaſmateur*, *choros* & *pſaltérion.* Le latin a ſes repréſentants, tels que *factture* pour créature, *rude* dans le ſens de *rudis*, *bucyne*, &c. Le moyen âge y fait auſſi ſa partie: c'eſt le dernier écho d'une langue qu'on va bientôt oublier. Nous ſignalerons comme venant de cette époque les mots *bedons*, *godons*, *borie*, *cremour* & quelques autres. Jehan Marot ne ſe contente pas de prendre à toutes ces ſources; il fabrique parfois & crée à sa fantaisie : ainsi *gorgogité*, dont nous devons l'explication au savant & obligeant M. Paulin Pâris.

Cette bigarrure de mots d'origines diverses laisse le lecteur surpris au milieu de tournures encore mal assurées & de phrases quelque peu chancelantes. Le sens en conserve parfois une certaine obscurité. Cependant, au sein de ces ténèbres, on pressent la lumière; on dirait ces vapeurs confuses, mais déjà transparentes, qui accompagnent l'aurore & annoncent le jour. La langue de Jehan Marot est une langue à son enfance, il lui manque cette maturité qui lui viendra d'un commerce assidu avec les Grecs & les Latins, quand, à son tour, elle aura conquis tous ses titres de langue classique; moins parfaite, elle a pour nous l'avantage d'être plus gauloise &, par suite, plus nationale. L'émotion du reste se montre déjà telle qu'elle sera plus tard; à travers les bégaiements de l'enfant échappés aux lèvres de Jehan Marot, on devine le même cœur, la même pensée qui inspireront bientôt nos grands hommes du dix-septième siècle.

A. MA VIE
Böhm

ARMES ET DEVISE

DE LA MAISON DE BRETAGNE.

(WLSON DE LA COLOMBIERE, *Science héroïque*, *pp.* 51, 52, 410, 427.)

« Je n'ay pas jugé devoir oublier ce qu'a remarqué le Père Albert le Grand, religieux de l'Ordre de Freres Predicateurs du convent de Rennes, dans le Catalogue chronologique & hiſtorique qu'il a fait des Eveſques de Bretagne, à la fin de la Vie des Saincts de ladite province, feüillet 186. Parlant de la reception qui fut faite à la Royne Anne de Bretagne, à Morlais, il dit que, l'an 1506, ladite Royne eſtant venuë en devotion à Noſtre-Dame du Folcoat, vint à l'Eneven, S. Paul & à Morlaix, où elle fut receuë avec grandes magnificences, on admira un arbre de Jeſſé dreſſé dans le cymetiere du convent de S. Dominique (où ſa Majeſté fut logée) lequel repreſentoit ſa genealogie, depuis Conan Meriadec, lequel y eſtoit repreſenté ſuivy des autres Roys & Ducs de Bretagne, & tout au haut eſtoit une belle fille repreſentant ſa Majeſté, qui en paſſant luy fit une belle harangue. La ville luy fit preſent d'un petit navire d'or enrichi de pierreries, & d'une hermine apprivoiſée blanche comme neige, ayant au col un collier de pierreries d'un grand prix : ce petit animal, receu de la Royne, ſauta deſſus ſon bras, ſur ſon ſein, dont elle s'épouventa un peu ; mais le ſeigneur de Rohan qui ſe trouva auprès, luy dit : *Madame, que craignés-vous? ce ſont vos armes*.......

« Les Ducs de Bretagne portoient leur caſque couronné, & quelquefois au lieu de couronne un bonnet d'eſcarlatte rebraſſé d'hermines, tymbré d'un lyon d'or, levant la patte dextre, aſſis entre deux grandes cornes d'hermines.. ....

« En Bretagne, j'ay veu en mille endroits les armes des anciens Ducs, relevées en pierre, ou peintes dans les vitres d'Egliſes, tout de meſme ; le lyon d'or ayant la teſte dans un caſque à l'antique, tenant de la patte dextre une bannière de Bretagne, & ſur le coſté gauche un eſcu deſdites armes auſſi à l'antique, pour cimier un bonnet d'ecarlate rebraſſé d'hermines (qui eſt une marque de ſouveraineté) ſur lequel eſt aſſis un lyon d'or entre deux grandes cornes pointuës d'hermines ; le volet d'hermines doublé & houppé de gueules. J'ay pourtant veu fort ſouvent en la meſme Province les armes ſuportées par deux lyons d'or, & quelques fois par deux hermines au naturel »

LE POETE OFFRANT SON LIVRE A LA REINE ANNE

D'après une miniature de la Bibliothèque Impériale.

PRIERES

SUR LA RESTAURATION DE LA SANCTE

DE MADAME

ANNE DE BRETAIGNE

ROYNE DE FRANCE

LEGENDE DE LA VIGNETTE

(WLSON DE LA COLOMBIERE, *Science héroïque*, pp. 46-48.)

« Touchant la naturelle origine des armes de Bretagne, & du motif que les Princes de cefte terre ont eu pour choifir les hermines, fans contredit l'on peut dire que la Saincte Vierge ayant voulu eftre le Divin Heraud de ces armes, a voulu denoter par cefte figure myftérieufe le naturel & la forme de vivre, & le commerce ordinaire des Bretons; car ceux qui ont connoiffance de la nature de l'hermine, fçavent que c'eft un animal emphybie qui vit fur la terre & dans les eaux, ce qui luy a fait donner par les Latins le nom de rat de mer; c'eft pourquoy il repréfente fort bien les peuples de Bretagne, qui eftant une peninfule fertile en bleds & pafturages, & dont les rivages font auffi enrichis de quantité de ports de mer commodes pour le trafic qu'ils ont ordinairement avec les Royaumes Eftrangers; ils peuvent, dis-je, avec jufte raifon eftre reprefentés par les hermines, puis qu'ils vivent tout de mefme que ces animaux, & fur la terre & fur l'eau. J'ay veu en Bretagne beaucoup de ces animaux fe tenans le plus fouvent dans les bois, qui font proches de la mer, des eftangs, ou des rivieres; mais pour appuyer d'avantage ce que je dis que les Bretons font figurés par cet animal, j'ay veu une hermine reprefentée au naturel qui femble denoter ce que je dis; elle eft relevée en pierre depuis plufieurs fiecles, fur la feconde porte de la belle Eglife cathedrale de S. Corentin, dans la ville de Quimper en Baffe Bretagne, du cofté de la maifon epifcopale; eftant figurée comme marchant dans les eaux, & femblant vouloir prendre terre; car le bout de la chaifne avec la quelle elle eft attachée eft hors de l'eau, eftant reveftuë d'un manteau d'hermines; ce qui pourroit avoir quelque rapport avec l'Hiftoire du jeune Prince Yvon, le quel s'en vint par la mer dans fon Duché, avec une femblable cotte d'armes, & femblant dire à fes fujets à fon arrivée, qu'il s'en eftoit fuy pour éviter la fureur de ceux qui en vouloient *à fa vie*.....

« J'en ay veu encore beaucoup de la forte en divers endroits de Bretagne en pierre & en vitre, figurées tousjours avec un manteau ou cotte d'armes, & un rouleau qui leur fort de la bouche avec cefte ancienne devife : *A ma vie*, dont je crois l'origine auffi myfterieufe que celle des armes, & conforme à ce que nous avons dit des Bretons & de l'hermine, car il femble qu'elle veüille dire que ces peuples peuvent eftre comparés *à fa vie*. La très-ancienne ville de Vannes, de la quelle les Venitiens font fortis, felon l'opinion de plufieurs bons autheurs, & qui autresfois a efté le fejour ordinaire des Ducs de Bretagne, & où fe voyent encore les mazures & veftiges du chafteau tant renommé de l'Hermine, ayant confervé pour fes armes un tres-long temps une hermine au naturel en champ de gueules, entierement femblable à la precedente excepté la devife, & qu'elle eft tournée à dextre, au contraire de l'autre qui femble arriver de l'Ocean occidental pour prendre terre en Bretagne.....

« Quelques autheurs difent que jadis les Ducs de Bretagne porterent d'autres armes que les hermines; à fçavoir de fable à la croix d'argent, & que, par fucceffion de temps, ils changerent le champ de fable en champ d'argent, & la croix d'argent en femé de croifettes de fable, difant que les mouchetures de fable qui font fur la peau des hermines, font une efpece de croifettes au pied longuet & patté. »

A TRES HAULTE ET TRES EXCELLENTE PRINCESSE

ANNE DE BRETAIGNE

ROYNE DE FRANCE

APRES, ma très honnorée Dame, que les tempeſtueux orages & nubileux tourbillons de voſtre très ennuieuſe maladie, qui totallement troublée auoyent la tranſquilité de mon ruſtique & très fragile eſprit, ont eſté déchaſſez par la clarté & illumination de conuallèſcence très déſirée, & que l'entendement, agité par les flotz & vagues de perturbation,

*

a finablement troué port ſalutaire de conſolation opportune, & s'eſt en luy meſme recueilly, après toute diuturne tempeſte, en la ſtation de ioyeux repos; ainſi que les fleurs décidues & terniſſantes par intempérance pluuiale ſe reſſourdent & recouurent la priſtine dignité de leur dyapreure dyaphanée aux nouueaulx rays du cler Phébus; plaiſe vous ſçauoir que, ie Jehan des Maretz, alias *Marot* (1), *de tous facteurs le moindre diſciple & loingtain imitateur des meilleurs réthoriciens* (2), *voſtre très humble & très obéiſſant & très aduoué*

(1) En 1507, lorſque Jehan Marot préſenta à la Reine le *Voyage de Gènes* (voir ſa dédicace, Bibl. Imp., Ms. nº 9707 ³, réſerve), il s'appelait lui-même « Je Jehan Deſmarets. » C'était ſans doute ſon véritable nom de famille. A partir de 1512, ce nom devient de plus en plus rare, & enfin celui de Marot figure ſeul aux états de la maiſon du Roi ſur la liſte des valets de chambre. Sans chercher à expliquer cette métamorphoſe, nous pourrions ſignaler à diverſes époques des ſubſtitutions du même genre, dont notre temps fournirait au beſoin des exemples. Nous nous bornerons à quelques-uns empruntés au ſeizième ſiècle : *Guillaume Crétin* s'appelait *Dubois* (V. *Mém. de l'Acad. des Inſc. & Bell.-Lett.*, 1ʳᵉ ſérie, t. XIII, p. 606). A quoi bon changer pour ſi mal choiſir? *Schwartz Erde* traduiſit ſon nom en celui de *Mélanchthon*; *Heroët* prit le ſobriquet de *la Maiſon Neufve*; d'autres ſe déſignèrent par une périphraſe ſouvent plus en vogue auprès du public que leur véritable nom, ainſi *François Sagon* devint *l'Indigent de ſapience*; *Jehan Bouchet*, *le Traverſeur de voies périlleuſes*; *Jehan Meſchinot*, *le Banny de lieſſe*. Mais ces déguiſements ne furent pas pour tous un ſûr moyen d'arriver à la poſtérité.

(2) *Rhétoriciens* pour poètes. Ces deux mots s'employaient indifféremment l'un pour l'autre.

ſubieƈt, ſeruiteur & eſclaue, vous voullant monſtrer & faire teſmoignage de l'affeƈtueux vouloir & intencion très déſireuſe que i'ay de continuer le propos obſtiné & non iamais variable de touſiours faire & exploiƈter quelque petite œuure à la recréation & déleƈtation de voſtre bieneurée nobleſſe, ay mis & employé la force & totalle vigueur de ma très rude & imbécille capacité à conſtruire, édiffier & compoſer vng œuure de la reſſource & quaſi nouuelle inſtauration de voſtre ſanté; œuure certes petit, quant à la ſtruƈture, fabrique & compoſition, mais quant au ſubieƈt, de telle magnitude & excellence que vng aultre Virgille ou Homère, poètes de immortelle renommée, trauoilleroyent beaucop à l'exécution ſouffiſante dicelle, car de coucher par eſcript, deuement & ſelon l'exigence condigne, les lamentations de l'Egliſe, regretz de Nobleſſe, pleurs & complaintes du Populaire, auecques l'affeƈtion des prians, la palleur des craignans, le cry des gémiſſans, les impétueux ſangloutz des ſouſpirans, & généralement toute manière de déſolation, que ie oſe affermer par les deuant ditz troys Eſtatz, auoir esté vsurpée durant l'éclipse dessus mencionnée, appartient plus à sublimité héroïque ou résonance tragédiale, que au petit & humble stille de bas maternel langage. Ce néantmoins, Princesse très inclyte, i'ay mys la voille au vent & me suys aduenturé de prendre hardiesse à parfournir & paracheuer mon entreprinse laborieuse, deux raisons principallement à ce me mouuant; la première pour ce que, comme celluy à qui le cas touchoit, ay fait si bon guet & diligente exploration sur le mistère, en assistant présencialement au spectacle, en corps & esperit, ainsi que comprins est en ce mien petit œuure, que plus ornéement le descrire peuent plusieurs, plus véritablement nul; l'autre que par cy deuant i'ay expérimenté vostre très humaine benignité estre de profundité si immense que les petitz labeurs partans de ma rude capacité ont trouué grâce deuant voz yeulx, ont esté honnorez de la conuersation (1) *de voz aultres liures, ont esté plus par heur que par mérite leuz en vostre très noble présence,*

(1) Dans le sens étymologique de *conversari*, se trouver avec.

plaiſe vous dont, très haulte, très excellente & très magnanime Dame, recueillir & prendre en gré ce mien humble petit préſent & en icelluy veoir la forme & manière de voſtre conuallefcence, attribuable ſelon mon iugement en la ſeulle main ſalutifère du Créateur, auquel ie prie vous donner grâce de perſerver en proſpérité.

ATTAINCT au vif de regretz importables,
Gorgogité de ſoupirs lamentables
Par griefz ennuys, dont ie fuz agitté
N'a pas long temps, ſur mon lit me ietté
Rendant ſangloutz & deſteurtant mes mains,
Comme celluy qui ſeuffre des maulx maintz,

Vers 2 : *Gorgogité*. Ce mot n'étant donné par aucun lexique ou dictionnaire, nous le ſoupçonnons fort d'être de l'invention du poète. Le radical *gorge* plaiſait beaucoup alors & ſe rencontre ſouvent dans les mots de cette époque, ainſi *gorgé*, repu, terme de fauconnerie conſervé par l'uſage, tandis que d'autres mots de la même famille ont ceſſé d'être employés, comme *gorgias*, beau, & *gorgie*, inſulte, ſi fréquents chez les écrivains d'alors. *Gorgogité* s'entendrait ici dans le ſens de « pris à la gorge. »

Vers 5 : *Deſteurtant* mes mains ; du ſupin *diſtortum ?*

Craintif, paoureux par infortune aperte
D'ung cas doubteux, d'inrecouurable perte,
Voyant à l'œil la cruelle chimère,
Fière Atropos, qui de ſa darde amère
Taſchoit de mettre & réduyre en ſouffrance
L'honneur du monde, Anne Royne de France.

Ainſi parplex, de douleur deffié,
Vexé de dueil, de taint mortiffié,
Yeulx larmoyans, contemploix à moy meſme
La dure perte & le dommage extreſme
Que aduenir lors pouoit deſſoubz l'enſeigne
Des bons pays de France & de Bretaigne;
Dont mat & las de ces propos diuers
Sommeil faſcheux me ietta à l'enuers;
Par quoy contraint fuz donner à nature
Repos, tremblant ſoubz triſte couuerture;
Car ſuppoſé que le corps ſommeilla,
Plus que deuant l'eſperit trauailla.

Vers 19 : *Mat*, triſte, abattu. Barbazan, qui explique par ce ſens le terme du jeu d'échecs, prétend faire venir l'étymologie de ce mot de *marceſcitum*, *marceſcere*, languir, ſe faner. (Raynouard & Roquefort.)

Vers 24 : *Le roman de la Roſe*, ſi goûté à cette époque, ſi volontiers imité par les poètes d'alors, nous offre, dès ſes premiers vers, un procédé ſemblable de miſe en ſcène. Voici ce paſſage qu'on pourrait croire imité

Ainſi dormant, proprement me ſembloit
Que toute choſe humaine ſe troubloit,
Et que la Mer, par trop cruelz nauffrages,
Oultre ſon cours, vomiſſoit gros orages,
En demonſtrant que bien ſouffroit douleur
Du cas ſoudain & trop haſtif malheur.
De l'autre part, aduis m'eſtoit que Terre
Voulloit au Ciel prendre mortelle guerre,
En l'accuſant que de luy ſuruenoit
L'accident dur qui ſur elle aduenoit.
Que diray plus, fors que l'Aer de bruyne
Fut offuſqué doubtant telle ruyne?

Adont ie ouy ſouſpirs, pleurs & lamentz
Fendre les aers par regretz véhémens,
Saillans des cueurs des ſeigneurs & des dames,
Contre fortune alléguans mille blaſmes.

par Jehan Marot comme par beaucoup d'autres de ſes confrères.

Sur le vingtieſme an de mon âge,
Au point qu'amours prent le péage
Des jeunes gens, coucher m'alloye
Une nuyt, comme je ſouloye,
Et de fait dormir me convint.
En dormant un ſonge m'advint,
Qui fort beau fut à adviſer,
Comme vous orrez deviſer.

Le poète, ou ſon héros, ainſi endormi, ne ſe réveillait d'ordinaire qu'à la fin du poème. Clément Marot a fait auſſi uſage du ſommeil dans quelques-unes de ſes pièces, mais avec cette meſure qui diſtingue les bons eſprits.

D'aultre coſté, ie aduiſay par parcelles,
Triſtes & las, iouuenceaulx & pucelles,
Veufues & clercs, orphenins, orphenines,
Religieux, nonnettes & béguines
Crians : « Hélas, ô fière Mort cruelle,
Si tu la prens, occiz nous auec elle,
Car auſſi bien languirons en ſupplice
Plus que l'enfant quant il pert ſa nourrice. »
Bref tous Eſtatz mondains & gens d'Egliſe
Menoyent vng deul, voire de telle guiſe
Qu'il n'eſt viuant, les voyant en telz termes,
Qui de pitié ne fondiſt tout en larmes.

Lors me ſembla qu'en grant déuocion
Tous ces Eſtatz faiſoient proceſſion,
Dix mil & plus marchoyent, comme ie croys,
Pleurans après les banières & croix,
Vngs piedz deſchaulx & les aultres en lange,
Aultres tous nudz portoyent par cas eſtrange
Mainte grant chaſſe & glorieux corps ſainctz,
Affin que Dieu rendiſt les membres ſains

Vers 57 : *Deſchaulx*, déchauſſé, d'où les carmes déchauſſés. — *Lange*, de *laneum*, *lanium*, laine, vêtements en laine, comme étaient les frocs des moines. (Roq.)

Vers 59 : On pourra ſe faire une

De celle là qu'on peult dire & nommer
Clos de vertuz, ſans nulle aultre blaſmer.

Ainſi marchans portoyent torches & cierges
Hommes, enfans, femmes, filles & vierges.
Là n'y eut bruit : fors qu'on ouoit par coups
Des déſolez les ſoupirs & ſangloutz.

Moy ſommeillant en déſolation,
Ce nonobſtant que i'euſſe portion

idée des reliques offertes en pareille circonſtance à la vénération publique d'après la deſcription ſuivante d'une proceſſion ſolennelle qui eut lieu à Paris le 21 janvier 1534 : « Dix preſtres reveſtus de chaſubles, teſtes nues, portoient le chef Sainct Louys enchaſſé & orné en pluſieurs endroits de grande quantité de pierreries d'ineſtimable valeur : après eſtoient portez la ſaincte & vraye Croix de Noſtre Sauveur & Rédempteur Jéſus-Chriſt, ſon chapeau d'épines & le fer de la lance dont ſon précieux coſté fuſt percé, qui par leur grande excellence n'avoient encore eſté tranſportez depuis qu'ils y furent mis par Sainct Louys : ſuivoient leſdites reliques, ſans aucune diſtance, grand nombre d'Archeveſques & Eveſques, deux à deux, ayant chappes & mitres, portant reliques en grande révérence & ſpécialement l'éponge du ſang de Noſtre Seigneur, des fioles où y avoit du miraculeux ſang, le carquan & la chaiſne dont Noſtre Seigneur fut attaché au pilier, la robbe de pourpre, la robbe inconſutile, la touaille de laquelle il fut ceint à la cène, du ſuaire & du tombeau, des drapelets de ſa nativité, le roſeau qui lui fut baillé quand il fut couronné d'épines, la verge de Moyſe, la table de Camaïeu qui fut taillée au déſert par les enfans d'Iſraël, du laict de la Vierge Marie, partie du chef Sainct Jean Baptiſte, la croix de victoire qui depuis ledit temps n'avoient eſté deſcendues, avec autres ſacrées reliques d'icelle saincte chapelle. » (Godefroy, *Cérémonial français*, t. II, p. 941.)

De telz douleurs, oyant leurs cueurs crouller
Contraint ie fuz les larmes diſtiller;
Lors me ſembla que ie me tranſportay
Auecques eulx, où ma douleur portay
Le myeulx que peu, cuidant cacher & taire
Ce dont ne peult l'œil eſtre ſecretaire:
Ainſi marchant de riens ne m'enquéroye
Craignant d'ouyr ce que ne déſiroye,
Car eſcoutant çà & là, i'entrouy
Motz très piteux dont peu me reſiouy.
Se diſoit l'ung: « *Médecins ont perdu*
Tout leur eſpoir: Dieu fait le réſidu. »
L'autre diſoit: « *L'on a fait aſſauoir*
Au noble Roy que ſi iamais veult veoir
Sa chère eſpouſe, Anne noſtre maîtreſſe,
Qu'il vienne toſt, car trop ſeuffre deſtreſſe. »
O Roy Louys, quelle douleur conceuptes
En voſtre cueur, quant la lettre vous leuſtes!
D'en eſcrire or certes ne m'eſt poſſible,
J'ai main tremblante & l'eſprit inſenſible,
Yeulx diſtillans de larmes offuſquez,
Tant ſont mes ſens de douleur eſtoquez.

Vers 75 : *Riens*..... Voy. Paſquier, *Rech. de la France*, liv. VIII, ch. 53.

Vers 90 : *Eſtoquez*, d'eſtoc · briſés, rompus.

Doncques oyant ces motz plus que piteux,
Triſte & penſif, me iettey auec eulx
Dedens l'égliſe, où place très occulte
J'alley cercher, éuitant la tumulte
Des lamentans. Et lors me fut aduis
Que vne grant Dame aſſez bleſme de vis,
Riche d'habitz & de beaulté naïfue,
Fors qu'el'ſembloit trop mieulx morte que viue,
Agenoiller ſe vint près de la place,
Là où i'eſtoyes; lors en petit d'eſpace
Me retiray, qu'oncques la bonne Dame,
D'ennuy & deul naurée juc à l'âme,
Ne m'apparceut; ainſi ie vis comment
Se proſterna, tant & ſi humblement
Que poſſible eſt; tantoſt ie viz près elle
Maint gentil homme & mainte damoiſelle,
Diſans: « Hélas, chère mère Nobleſſe,
Ne pleurez plus, mais prions Dieu ſans ceſſe. »
Lors ceſte dame, ayant larmes aux yeulx,
Joingnit les mains & regardant les cieulx,
Va commencer, en langage bien duit,
A proférer l'oraiſon qui s'enſuit:

Vers 111 : *Bien duit*, du verbe *duire* : élever, inſtruire ; plus vieilli que l'autre forme *duiſant*, qui eſt de la même famille.

¶ CY COMMENCE
L'ORAISON DE NOBLESSE

Mon benoiſt Dieu, ſouuerain Plaſmateur,
Architecteur de toute œuure haultaine,
Recongnoiſſant que comme rédempteur
Es amateur, & comme créateur
Vray protecteur de ta facture humaine,
Vers toy ie viens; car tu es la fontaine
De grâce plaine, à laquelle ont recours
Tous languiſſans qui demandent ſecours.

Si père doit, par inſtinc de nature,
De ſa facture auoir compaſſion,
Regarde moy, ta fille & créature,
Nobleſſe ſuys qui pers de ma cloſture

Vers 113 : *Plaſmateur*, fabricateur. Du grec πλάζω, former, par l'intermédiaire de πλάσμα, qui, latiniſé en *plaſma*, *plaſmare*, a produit *plaſmator*, d'où vient auſſi *plaſtique*, qui eſt reſté.

Vers 117 : *Facture*, créature.

La roſe pure & le plus hault ſyon ;
Car puys le temps Marie de Syon
En manſion de vergier ou pourpris
L'on n'a veu fleur de ſi hault los & pris.

C'eſt des gentilz la reſſource & fiance,
La ſouſtenance aux poures damoiſelles ;

Vers 127 : *Pourpris*, enclos, enceinte, jardin ; orginairement *porpriis*, puis *porpris*. Roquefort le fait venir du latin *proprius*. Burguy le conſidère plus juſtement, en raison de l'accent, comme un participe, devenu ſubſtantif, de *pourprendre*, comprendre, enfermer.

Vers 129 : *Gentilz*, dans le sens de gentilshommes. C'eſt *Nobleſſe* qui parle.

Vers 130 : Voici à ce sujet un précieux renſeignement, il vient de Brantôme, qui ne saurait être ſuſpect quand il parle en bien d'une femme : « Ce fut la première qui commença à dreſſer la grande cour des dames que nous avons veu depuis elle juſqu'à ceſte heure ; car elle en avoit une très grande ſuitte & de dames & de filles n'en refuſa jamais aucune ; tant s'en faut qu'elle s'enquerroit des gentilſhommes leurs pères qui eſtoient à la cour, s'ils avoient des filles & qu'elles elles eſtoient & les leur demandoit... Sa cour eſtoit une fort belle eſcole pour les dames car les faiſoit bien nourrir & ſagement, & toutes à ſon modelle ſe faiſoient & façonnoient très ſages & vertueuſes. » (*Vies des Dames illuſtres*, Anne de Bretagne).

Nous ajouterons que le nombre des dames & des filles de bonne maiſon qui compoſaient la cour d'Anne de Bretagne était environ de cinquante. Neuf dames d'honneur recevaient, les unes mille & douze cents, les autres deux & trois cents livres par an. Il y avait trente-cinq à quarante filles d'honneur aux appointements de cinquante ou cent francs. (*Eſtat de la Maiſon de la Reine Anne*, p. 706, de l'*Hiſtoire de Charles VIII* par Godefroy). Sur la liſte des dames d'honneur de la Reine figuraient des noms illuſtres : Charlotte d'Aragon, princeſſe de Tarente ; Anne de Bourbon, dame de Montpenſier ; Catherine & Germaine de Foix. Quant aux filles d'honneur, elles appartenaient aux meilleures maiſons ; c'étaient les demoiſelles de Tournon, Blanche de

C'eſt d'orphenins la mère & la ſubſtance,
Support des clercs, des veufues l'aſſeurance
Et l'eſpérance aux vierges & pucelles ;
C'eſt l'ardant feu rendant les eſtincelles
De charité & de vertus l'enſeigne,
L'honneur de France & gloire de Bretaigne.

O Dieu puiſſant, que te nuyt-elle en vie?
As tu enuie à noz biens terriens?
N'eſt ton empire en honneurs aſſouuie,
Sans que par mort ſoit la Dame rauye
Qui nous conuie à tous honneurs & biens?
Je ne dy pas que tous ne ſoyons tiens,
Mais ie maintiens, qu'en l'oſtant de noz lieux,
Terre apouriz pour enrichir tes Cieulx.

Et s'el'ne peult par ſa bonté royalle
T'amour loyalle à pitié eſmouuoir,

Montbeſon, Jeanne de Rohan Guéménée, Catherine de Barres, Louiſe de Bourdeille & pluſieurs autres.

Vers 131 & ſuivants : Brantôme confirme les faits avancés par le poète, en nous tranſmettant, telle qu'elle eſt arrivée juſqu'à lui, la tradition des bienfaits de la Reine Anne : « Elle eſtoit très bonne, fort miſéricordieuſe & fort charitable ainſy que j'ay oui dire aux miens. » Et ailleurs revenant encore à cette penſée : « Elle ne mettoit point, dit-il, ſon bien en réſerve, mais il eſtoit employé en toutes choſes hautes. » (*Vies des Dames illuſtres*, Anne de Bretagne).

Plaiſe toy veoir en pitié cordialle
Sa géniture & ligne filialle,
Fleur liliale, où tout bien ſe peult veoir.
Vueilles préuoir leur deul & y pouruoir,
Par tel ſçauoir que ces deux belles filles
Ne ſoyent ſans mère en leurs ans puérilles.

Et ſi clameur d'enffans t'eſt agréable,
Dieu pitoiable, exaulce l'oraiſon
Claude de France, & le pleur lamentable
Sa ſeur Rénée, en tant que prouffitable
Soit & vallable au bien & guériſon
D'Anne leur mère, & en breſue ſaiſon
Joye à foiſon luy ſoit donnée, affin
Que dens ung an nous rende ung beau Dalphin.

Veulx tu ietter en recluſe teſnière
Noſtre lumière & ſoleil terrien?
Veux tu tairir la fontaine auſmonière?
Prendras tu guerre à noſtre paix planière,

Vers 151 : Claude de France, née le 13 octobre 1499, & Rénée de France, née le 25 octobre 1510. Claude épouſa François Ier à la mort de ſa mère, qui s'était toujours oppoſée à ce mariage; Rénée, fiancée d'abord à Charles-Quint, fut mariée, en 1527, à Hercule d'Eſte, duc de Ferrare.

L'amour entière au Roy très creſtien?
Veux tu courcer celle qui de ſon bien
Par tout moyen, non d'huy mais de tous temps,
A contenté tous nobles malz contens?

O Dieu puiſſant, régnant en Trinité,
Vray Unité de troys en vne eſſence,
Oeuure les biens de ta Diuinité,
Et remetz ſus par ta benignité
L'humanité d'elle en conualeſcence;
Car, s'il aduient que ce corps d'excellence

Vers 166: *Courcer*, courroucer, irriter; d'un uſage plus fréquent dans ſa forme réfléchie, *ſe courcer* : s'irriter, ſe fâcher. L'hiſtorien & le poète ſe trouvent ici d'accord, non plus ſeulement ſur les faits, mais pour ainſi dire, juſque dans leurs expreſſions. « Et d'autant, dit Brantôme, que le Roy ne faiſoit des dons immenſes, pour leſquels entretenir il euſt fallu qu'il foullaſt ſon peuple, ce qu'il fuyoit comme la peſte, elle (la Reine) ſuppléoit à ſon desfaut : car il n'y avoit grand capitaine de ſon royaume à qui elle ne donnaſt des penſions, & fiſt des préſens extraordinaires, ou d'argent, ou de groſſes chaiſnes d'or, quand ils alloient en quelque voyage ou en retournoient; & meſmes en faiſoit des petits ſelon leurs qualités; auſſy tous couroient à elle, & peu en ſortoient avec elle *mal contens*. » (*Vies des Dames illuſtres*.)

Vers 174: « Elle eſtoit belle & agréable, dit Brantôme, ainſy que j'ay ouy dire aux anciens qui l'ont veue, & ſelon ſon portraict que j'ay veu au vif; & reſſembloit en viſage à la belle mademoiſelle de Chaſteauneuf, qui a eſté à la cour tant renommée en beauté. » Voici encore le témoignage d'un poète latin de l'époque, Quintian Stoa, dans des vers deſtinés, ſous le titre de *Thrénos*, à célébrer la mémoire de la Reine :

Corporis innumeras dotes perpende: videbis
Omnia clara, manus, colla, labella, genas.

En ſa iouuence à mort ſoit conuaincu,
Les miens enffans perdent leur ſeur eſcu.

Lors que Nobleſſe eut ces motz proférez,
Aulcuns ſouſpirs cachez & emmurez
Dedens les cueurs d'aulcuns ſeigneurs & dames
Saillirent hors, ainſi comme les flames
D'ung feu caché contraint de prendre l'aer,
Ou par eſclatz l'enclotz faire voller;
Les ungs fortune anathématiſoyent,
Aultres pleurans piteuſement diſoyent :
« Vray doulx Iheſus, que pourroit t'auoir fait
Celle qui n'a à nul viuant meffait ?
Bien monſtreras qu'en deul nous veulx pourſuiure,
Si celle tues qui les aultres fait viure. »
Ainſi parloyent dames & gentilz hommes,
Portans d'ennuy & douleur mille ſommes.

Tantoſt aduis il me fut que Nobleſſe
S'eſuanouyt, & lors, qu'en toute humbleſſe,
Vint arriuer vne Dame eſplourée,
De noir habit piteuſement parée,

Vers 175 : La Reine Anne, le née 14 janvier 1476, avait alors 36 ans.

Vers 194 : Clément Marot, en faiſant figurer l'Egliſe dans la *Déploration*

Yeulx eſleuez en contemplation,
Faiſant en l'aer groſſe exclamation
De pleurs & criz, tant que la réſonance
Adminiſtroit à tous cueurs deſplaiſance.
Vis morne & bleſme auoit ſoubz triſte voille
Et bien ſembloit que trop froide nouuelle
Auoit receu, car auprès d'elle vis
Prebſtres & clercs, de douleur tous rauis ;
Là maint abbé, cardinal & éueſque
Y recongnuz, qui ià eſtoyent tous preſque
Deſeſpérez, voyans leur bonne mère,
Dame l'Egliſe, en douleur trop amère ;
Laquelle après auoir ietté du cueur

de Florimond Robertet, ne la repréſente point ſous des habits auſſi ſimples & les dehors d'une douleur auſſi ſincère. Animé contre elle par le ſouvenir de démêlés où il avait eu le deſſous, il ne lui ménage pas les traits ſatiriques. Voici ſous quelles couleurs il la peint :

Devant le char cheminoit une Fée
Fresche, en bon poinct, et noblement coiffée,
Sur teste raze ayant triple couronne,
Que mainte perle et rubis environne :
Sa robe estoit d'un blanc et fin samis,
Où elle avait en pourtraiture mis
Par traict de temps, un million de choses,
Comme chasteaux, palais, et villes closes,
Villages, tours, et temples, et couvents,
Terres, et mers, et voiles à tous vents,
Artillerie, armes, hommes armez,
Chiens, et oyseaux, plaines, et bois ramez,
Le tout brodé de fine soye exquise :
Par mains d'autruy torse, tainte et acquise :
Et, pour devise, au bord de la besongne,
Estoit escrit : Le feu à qui en grongne.
Ce néantmoins sa robe elle mussoit
Sous un manteau, qui humble paraissoit,
Où plusieurs draps divers furent compris,
De noir, de blanc, d'enfumé, et de gris,
Signifiant de sectes un grand nombre,
Qui sans travail vivent dessous son ombre.
Ceste grand' dame est nommée Romaine,
Qui ce corps mort, jusques au tombeau meine,
La croix devant, en grand cérimonie,
Chantant mottez de piteuse harmonie.

La différence de ces deux deſcriptions s'explique par les dates ; ces derniers vers ſont de 1527, ceux de Jehan Marot ſont écrits pluſieurs années avant la Réforme.

Par gros ſouſpirs l'amertume liqueur.
De ſon gref deul, les genoulx atterrez
Diſt l'oraiſon telle que vous orrez :

ℭ CY COMMENCE L'ORAISON DE L'EGLISE

Souverain Dieu, Père de ſapience,
Qui des haulx rais de ta diuine eſſence
Ornée m'as, pour donner réſulgence
Aux cueurs humains, par vices obſuſquez,
Genoulx flexiz, en toute réuérence,
Je te ſupply que ta bonté immenſe
Plaiſe pouruoir au mal & peſtillence
D'une ſans ſi, où tous biens ſont parquez,
Si que de Mort les dartz intoxiquez

Vers 209 : *Atterrez*, en terre.

Vers 218 : *Sans ſi*, vieille langue. *Si*, condition, réſerve ; d'une *ſans ſi*, d'une princeſſe ſur laquelle il n'y a aucune réſerve à faire. La dame *ſans ſi* eſt le ſujet de toute une hiſtoire des plus galantes & des plus gracieuſes de l'époque d'Anne de Bretagne & qui rappelle un peu les débats des cours d'amour. Il y eut dans cette affaire un arrêt, puis un rappel en vers, trop longs pour être rapportés ici, mais qu'on peut lire dans le ms. 1556. S. Germ. fr. f° VIII^{XX} XVIII (*ſic*).

Soyent réuoquez & ailleurs conuoquez
Pour eſtoquer vne aultre, & non pas celle
Qui de vertuz toutes dames précelle.

Au temps de paix de mon patron ſainct Pierre,
Que me fondas deſſus conſtante pierre,
Je proſpéré ; mais or de faulx pié erre
Par vng paſteur qui ſes oeilles guerroye ;
Dont s'il aduient que mort tue & atterre
Celle qui taſche à mettre paix en terre,
Eſpoir ie n'ay guérir de ce caterre :

Vers 224 : *Tu es Petrus, & ſuper hanc petram ædificabo eccleſiam meam* (S. Math. Ch. XVI, v. 18).

Vers 226 : *Vng paſteur....* Julien de La Rovère, arrivé ſous le nom de Jules II au trône pontifical le 1er novembre 1503. Peu ſcrupuleux ſur les moyens qui devaient lui aſſurer le ſuccès, on le vit tour à tour l'allié du Roi de France contre les Vénitiens & l'allié des Vénitiens contre le Roi de France. Après la priſe de la Mirandole, où il monta ſur la brèche, le caſque en tête & l'épée à la main, il oppoſa au concile convoqué à Piſe par Louis XII un autre concile réuni à Rome, le 19 avril 1512, dans l'égliſe de St-Jean-de-Latran. Le concile de Piſe, transféré à Milan, ſuſpendit le pape de ſes fonctions & fit défenſe aux peuples de lui obéir. Le concile de Latran annula la déciſion du concile de Piſe ; ſur ces entrefaites, la bataille de Ravenne gagnée par les Français, le 11 avril 1512, porta un coup terrible à Jules II, qui n'eut d'autre reſſource que de mettre en interdit Louis XII & tout ſon royaume. Enfin il ſe préparait par de nouvelles intrigues à ſoulever contre le Roi de France ſes anciens alliés & même les indifférents, lorſque la mort l'enleva, le 23 février 1513, dans la 10e année de ſon pontificat. Jehan Marot compoſa ces vers au milieu des événements qui préparèrent & ſuivirent la bataille de Ravenne.

Vers 226 : *OEille*, ouaille ; pour les différentes formes de ce mot, voy. Raynouard, *Lexique de la langue Romane*, à *Ovella*.

Car faulx diſcord trop le monde meſtroye.
Mais s'en ſanté la Dame recouuroye
Où tout honneur loz & vertu ſe vmbroye
De bref verroye en climatz & prouinces
Zelle & amour, & paix entre les princes.

Plaiſe à toy dont, Plaſmateur ſouuerain,
Luy ottroyer l'aer tant doulx & ſerain
Que la voyons en l'eſtat primerain,
Hors les chemins plains de mortelles fanges,
Car celle c'eſt, qui, par voulloir humain,
Pour tout le monde a tant fait ſoir & main
Qu'elle a gaigné & tient dedens ſa main
Le cueur des gens, tant priuez comme eſtranges;
Bons & mauluais luy attribuent louenges;
Meſmes tes ſaintz, ſainctes & benoiſtz anges
Prient que les cieulx ſoyent d'elle reueſtuz
Pour contempler ſes louables vertuz.

Voy mes enfans, cordeliers, mendians,
Preſtres, curez, ieunes eſtudians,
Plus que ſoleil en vertuz radians,

Vers 240 : *Main*, matin, du latin *mane;* d'où *demain*, *l'endemain*, *lendemain*.

Tous proſternez en déſolation,
Qui, ioinctes mains, confez & repentans,
Te font prière, en ſouſpirs lamentans,
Que luy ottroye encor iuſqu'à cent ans
Vie proſpère & conſolation.
O Dieu puiſſant, c'eſt leur nutrition,
Le mien eſcu, garde & tuition,
Fruition d'Egliſe galicane,
Dicte à bon droit : Anne très creſtienne.

C'eſt de vertuz la cloſture royale,
Le chef d'honneur, volunté cordiale,
Cueur magnanime & penſée intégrale,
Parfaicte en biens, ſi iamais en fut une ;
C'eſt le corps pur d'amour, franche & loyale
Langue en parler, au cueur iuſte & égale,
OEil de pitié & main très libérale,
Bras pacific briſant toute rancune ;
C'eſt l'acéré eſtoc contre infortune,
Nef nauigante en mer ſoubz ſeure hune
Qu'oncques fortune aux ventz ambicieux
Ne ſceut mouuoir moins que le pôle ès cieulx.

Mais qui ſont ceulx, à bien tout conceuoir,
Qui de ſa mort pourroyent prouffit auoir ?

Certes n'eſt vng! Car, à dire le voir,
Nobleſſe, Egliſe & Commun en amende:
Au poure noble ayde d'or & d'auoir,
Elle pouruoit toutes gens de ſçauoir,
Et au Commun ſçait ſi très bien pouruoir
Que bien ſouvent donne auant qu'il demande.
Doncques pour tous ſeroit perte trop grande,
Car com'i'ay dit, ſi mort l'a en commande,
Choſe ne ſçay qui bien en peuſt acquerre,
Fors que les cieulx & les vers de la terre.

Ó Dieu puiſſant, eſt il leu en hyſtoire
Que iamais Royne en France euſt telle gloire?
Certes nenny; car il eſt tout notoire

Vers 273 : *A dire le voir* : à dire le vrai, du latin *verum*.

Vers 276 : Anne de Bretagne encourageait d'une manière toute ſpéciale les poètes, les écrivains & les artiſtes; elle ſe plaiſait à les appeler à ſa cour, à les attacher à ſa perſonne; c'eſt ainſi que Jehan Marot obtint la faveur de cette princeſſe & devint en quelque ſorte ſon rimeur officiel. Il faut citer encore Jehan Meſchinot, auteur des *Lunettes des princes*, maiſtre d'hôtel de la Reine; le poète latin Fauſtus Andrelinus, l'un de ſes ſecrétaires; André de La Vigne, qui compoſa une *Hiſtoire du règne de Charles VIII* & pluſieurs rondeaux ſur le trépas de ſa maîtreſſe; ſon confeſſeur & prédicateur ordinaire, Antoine Duſour, auteur d'un livre ſur les femmes célèbres; enfin, dans les états de ſa maiſon, il eſt fait mention de quatre méneſtrels : Guillaume Leclerc, Hervé, Riou & Jean Joſſe.

Vers 285 : *Nenny*, mot rendu célèbre par Clément Marot; il dériverait du latin *nenu* (Lucilius & Varron, cités par Nonius), ſelon Ménage qui le ſignale comme encore uſité de ſon temps en Picardie. Il eſt fréquent,

Que, par l'effect de vertu ſpéciale,
Après auoir par main gladiatoire
Porté le faitz du bras fulminatoire,
Charles huitieſme amour obtint, victoire
Les aſſemblant en couche nuptiale.
Secundement à perſonne royale,
Loys douzieſme, eſt eſpouſe loyale;
C'eſt dont la tige où le lis ſe procrée,
Royne deux foys diuinement ſacrée.

chez nos anciens auteurs, ſous la forme *nennil*, ce qui indique *ne nihil* ou *non nihil*, avec ſens pléonaſtique, pour étymologie.

Vers 289 : On ſait à travers combien d'obſtacles Charles VIII parvint enfin à épouſer Anne de Bretagne, le 16 décembre 1491 ; ce fut preſque la lance au poing qu'il la conduiſit à l'autel.

Vers 292 : Charles VIII étant mort le 7 avril 1498, Anne de Bretagne ſe remaria à Louis XII le 7 janvier 1499. Voici, à ce ſujet, des détails curieux racontés par Brantôme : « Elle eut un très-grand regret à la mort du Roy Charles, tant pour l'amitié qu'elle luy portoit, que pour ne ſe voir qu'à demy Royne, n'ayant point d'enfans. Et ainſy que ſes plus privées dames, comme je le tiens de bon lieu, la plaignoient de la voir vefve d'un ſi grand Roy & mal aiſément pouvoir retourner en un ſi hauſt état, car le Roy Louis eſtoit marié avec Jeanne de France (fille de Louis XI), elle reſpondoit qu'elle demeureroit plus tôt toute ſa vie vefve d'un Roy, que de ſe rabaiſſer à un moindre que luy ; toutesfois qu'elle ne déſeſpéreroit tant de ſon bonheur qu'elle ne penſaſt un jour eſtre Reyne de France régnante, comme elle avoit eſté, ſi elle vouloit. Ses anciennes amours luy faiſoient dire ce mot & qu'elle vouloit ranimer en ſa poitrine eſchauffée encore un peu, ce qui arriva ; car le Roy Louis, ayant repudié Jeanne ſa femme, ſe ſouvenant de ſes premières amours qu'il avoit porté à la dicte Reyne & n'en aiant encor perdu la flamme, la prit en mariage comme nous avons veu & leu. » (Voy. *Vies des Dames illuſtres*, Anne de Bretagne.)

Si te ſupply humblement, de rech(i)ef,
Souuerain Dieu, ne permetz ce meſchef;
Ou aultrement ie ſuys vng corps ſans chef,
Oeille ſans paſtre & diſciple ſans maiſtre;
Puys c'eſt la Dame où de mon mal & gref
Giſt la ſanté, car elle eſpoire, en bref,
Muer l'eſpée en catholique clef,
Ouurant la paix en région terreſtre,
Tant que celluy qui deuſt Dieu en terre eſtre
S'eſuertura de me régir & mettre
Au point & eſtre où Iheſucriſt me miſt
Quant pour paſteur ſaint Pierre me promiſt.

¶ L'ACTEUR

Lorſque l'Egliſe eut l'oraiſon finie
Leuer ie viz vne gent infinie

Vers 301 : Il courait alors en France, parmi les théologiens, un aſſez joli mot ſur ce Pape belliqueux : il avait, diſaient-ils, jeté dans le Tibre la clef de ſaint Pierre pour ne ſe ſervir que de l'épée de ſaint Paul. La Reine, tout entière à ſes ſcrupules religieux, voyait avec déplaiſir ſon mari en hoſtilité contre le chef de la chrétienté ; auſſi cette guerre fut-elle conduite avec beaucoup de molleſſe & d'héſitation. La mort de Jules II, en faiſant paſſer la tiare ſur la tête de Léon X, devait ſeule accorder les affaires ſelon les ſouhaits du poète & les vœux de la Reine.

De Cordeliers, Auguſtins, Preſcheurs, Carmes
Pleurans, crians, diſtillans groſſes larmes,
Diſant : « Vray Dieu, ne ſeuffres telle eſclandre
Venir ſur nous, mais ta bonté eſpandre
Sur ceſte bonne & vertueuſe Dame
Belle de corps & très ſainćte de l'âme. »
Prieurs, curez, éueſques & abbez

Vers 309 : Ce ſont les quatre ordres mendiants protégés par la Reine. D'abord les *Cordeliers*, *Franciſcains* ou *Minorites* inſtitués en 1308 par ſaint François d'Aſſiſes; ils faiſaient vœu de pauvreté, s'adonnaient à la prédication & portaient un froc de laine fauve & une corde autour des reins. Puis les *Auguſtins*, ermites errants à l'origine; ils furent réunis en corps l'année 1244, par une conſtitution d'Innocent IV; ils portaient une robe noire. En troiſième lieu, les *Prêcheurs* ou *Dominicains*, appelés auſſi *Jacobins* de leur maiſon fondée à Paris, en 1218, par ſaint Dominique, rue St-Jacques; ils étaient vêtus d'une robe blanche. Enfin les *Carmes* qui attribuaient l'origine de leur ordre au prophète Elie, & s'impoſaient une grande auſtérité de mœurs; ils marchaient nu-pieds, d'où les *Carmes déchauſſés*, & portaient un froc gris. Dans l'*Apologie pour Hérodote*, ch. 32, § VIII, Henri Eſtienne raconte comment certains prédicateurs de l'époque prétendirent avoir trouvé une alluſion aux quatre ordres mendiants dans une prophétie de Zacharie; le rapprochement eſt aſſez curieux pour être cité : « Voilà quatre charrettes qui ſortent du milieu de deux montaignes. En la première charrette eſtoyent des chevaux roux (c'eſt-à-dire *les Frères Mineurs*). En la ſeconde charrette, des chevaux noirs (c'eſt-à-dire *les Ermites*). En la troiſième charrette des chevaux blancs (c'eſt-à-dire *les Frères Preſcheurs*). En la quatrième charrette des chevaux pommelez & forts (c'eſt-à-dire *les Carmes*). » On ſait à quoi s'applique maintenant ce nom des *Quatre Mendiants;* toujours par analogie avec la couleur des vêtements de ces quatre ordres.

Vers 314 : Voy. plus haut (vers 174) le témoignage rendu par Quintian Stoa aux mérites extérieurs d'Anne de Bretagne. Pour ſes qualités morales, voici ce qu'il en dit :

Si quæras animi bona : nulla beatior unquam
Hac fuit, aut meritis promptior officiis;
Omnis in hoc fuerat prudentia corpore : firmum
Robur, amor, pietas, gratia, fama, salus.

Lors euſſiez veu, comme gens pertu[r]bez,
Crians : « Hélas ! ſouueraine amittié,
Dieu éternel, vueilles auoir pitié
De celle là, qui repréſente au monde
Charité ſaincte & chaſteté très munde ;
Celle qui onc ne briſa la franchiſe
De noſtre eſpouſe & mère ſaincte Egliſe,
Mais au contraire a ſon bien tant acreu

Vers 323 : A l'appui des paroles du poète, nous citerons d'abord le témoignage d'Hilarion de Coſte (*Eloges & vies des Reines*, p. 11); membre de l'une des congrégations dotées par Anne de Bretagne, voici ce qu'il nous apprend ſur les fondations pieuſes de cette princeſſe : « Durant ſon ſéjour à Lion, elle fit baſtir le couvent des Cordeliers de l'Obſervance, hors la porte de Pierre Scize. Elle donna ſon ancien hoſtel de Bretagne, qui eſtoit le vieil chaſteau de Nigeon près Challiot, à une lieue de Paris, à noſtre patriarche & grand-oncle ſainct François de Paule, pour y eſtablir une maiſon de ſon ordre dont l'égliſe fut commencée dès ſon vivant ſous le titre de Noſtre Dame de toutes grâces. » Elle voulut auſſi concourir pour ſa part à la conſtruction de l'égliſe des Mineurs de la Trinité, édifiée par Charles VIII pendant ſon ſéjour à Rome. Non-ſeulement elle faiſait des dons en argent, « mais, ajoute le même Hilarion de Coſte, elle s'occupoit avec toutes ſes dames & damoiſelles à travailler en broderie & en tapiſſerie ; on voit encor de ſes ouvrages qui ſont gardés en des égliſes & maiſons de religion de ce royaume. » En effet, on lit dans Brantôme ce paſſage tiré d'une vieille Hiſtoire de France : « J'ay veu a Sainct Denys d'autres ſoys une grande chape d'égliſe tout couverte de perles & broderie qu'elle avoit faict faire exprès pour en faire préſent au Pape, mais la mort la prévint. » Les égliſes de ſa chère Bretagne furent particulièrement comblées par elle de riches préſents. Ainſi, à l'occaſion de ſon mariage avec Louis XII, elle envoya à Saint-Nicolas de Nantes une *chapelle* de velours bleu, c'eſt-à-dire le coſtume d'un chapelain dans l'exercice de ſes fonctions, avec calice & burettes d'argent doré ; à Saint-Vincent une *chapelle* de velours cramoiſi avec les mêmes acceſſoires ; elle fit

Qu'il n'eſt viuant qui ſans le veoir l'euſt creu. »
Voylà comment ces vertueux prélas
De prier Dieu ne ſe trouuèrent las.

En ceſt inſtant vis arriuer en place
Vng mécanique, auſſi froit comme glace,
Homme robuſte en ditz, geſtes & fais ;
Ce néantmoins, pour l'importable fais
Des grans ennuyz dont lors fut atterré,
Sembloit vng corps de nouueau déterré ;
Le vis eut bleſme & le corps las & meſgre,
Maintien faſcheux, la voix tremblante & aigre,
Tant qu'il ne peult ſon vouloir dire acoup,
Pour les ſangloutz qui venoyent coup ſur coup.
Au près de luy, par bendes & cohortes,
Je recogneuz peuple d'eſtranges ſortes,
Gens de meſtier, laboureurs & marchans
Crians : « Hélas ! que ferons nous meſchans,
Se ainſi aduient que Mort dessèche l'ente
Qui de ſon fruit nous paiſt & alimente,

don d'ornements à peu près pareils à l'égliſe Sainte-Anne près la Roche-Bernard, à celle de Saint-Sauveur de Redon, de Saint-Yves en Baſſe-Bretagne, de la Conception à Vannes.

Vers 335 : *Acoup*, à ce moment, auſſitôt. (Dict. de Trévoux.)

Vers 340 : *Meſchans* : meſcheans (*malecadens*), qui a mauvaiſe chance, malheureux. (Roq. & Diez.)

Celle qui miſt par vouloir déifique
Paix bieneuré[e] au jardin francifique? »

Ainſi chaſcun deſcriuoit ſes douleurs.
Mais, quoy que ſoit, c'eſtoyent roſes & fleurs
Enuers celluy dont i'ay deuant touché,
Car tant auoit l'eſtomac empeſché,
Que contraint fut, pour ſon deul ſoulag(i)er,
Ouurir la bouche & ſon cueur deſcharger,
Genoulx flexiz, diſans, par motz exprès,
Celle oraiſon que voyez cy-après.

CY COMMENCE L'ORAISON DE LABEUR

Doulx Iheſuchriſt, Refuge des humains,
Qui, bras & mains,
Souffrant maulx mains,
Voulluz en croix piteuſement eſtendre,
Ratiffiant les péchez inhumains
De noz germains
Qui ſoirs & mains,

Dedens enfer, ne ceſſoyent de t'attendre,
Je te ſupply ne veuilles condeſcendre
Réduyre en cendre,
Ne Mort deſcendre
Sur noſtre Royne. Ains luy rendre très ſains
Cueur, âme & corps, la garder & deffendre
De toy offendre,
Et puys la prendre,
Dedens cent ans, pour mettre auec tes ſaintz.

Jadis ie fuz mené pirs qu'à oultrance,
Comme homme en trance,
Par la meſchance
De dure guerre, abuz & mengerie;
Mais puys le temps qu'elle a regné en France
Suys ſans ſouffrance,
Hors de gréuance,

Vers 369 : Avant Louis XII, les guerres féodales & une lutte de cent ans contre les Anglais avaient rempli le pays de déſolation & de deuil ; cet état malheureux fut adouci par l'arrivée d'Anne de Bretagne au trône de France. *Labeur* lui attribue le mérite de ce retour au bien-être dont il jouit. Le mariage de cette princeſſe avec Louis XII avait en effet mis fin aux ligues des ſeigneurs contre leur Souverain, & ce fut le premier règne où ceſſèrent les diſſenſions inteſtines. Si les guerres continuent à l'extérieur, du moins le royaume paraît ſe repoſer. Quant aux « abus & mengeries des gens de finances » comme dit le poète, on voit que de 1315 à 1522, depuis Enguerrand de Marigny juſqu'à Semblançay, huit ſecrétaires des finances ſur douze furent pendus ou aſſaſſinés, & trois ſubirent l'exil.

Viuant en paix ſoubz ſa noble armarie,
Dont ie te loue & ta mère Marie
Qui apparie,
Joingt & marie
Tel bien au Roy. Car i'ay ceſte eſpérance
Qu'en leur viuant, viuray en ma borie,
Sans pillerie,
Ne broillerie,
Ayant des biens trop plus qu'à ſuffiſance.

Mais s'il aduient que Mort par ſon beffroy
Luy face effroy,
Comme ie croy
Tous les eſtatz de France en ſouffriront,
Et meſmement le treſcreſtien Roy
Tel déſarroy
Aura pour vroy,
Que tous Françoys ſon ennuy doubteront ;
Tous, orphenins, veufues & clers criront,
Lamenteront
Et pleureront.

Vers 376 : *Armarie*, pour armoirie, qui s'éloigne davantage de l'étymologie *armarium*.

Vers 381 : *Borie* : *Boria*, *Prædium ruſticum* ; ferme, métairie. (Voy. le *Gloſſaire* de Ducange.)

Vers 392 : *Doubteront* : redouteront.

La clère ſons qui eſtanchoit leur ſoy
Nobles perdront ; marchans diminuront,
Mort mauldiront,
Car ilz diront
Que charité eſt morte auecques ſoy.

Si te ſupply très puiſſant Dieu des dieux;
Lance tes yeulx
En ces bas lieux,
Et par pitié ſon mal purge & efface ;
Jette ton bras miſéricordieux
Sur l'odieux
Dart ſurieux,
Que ceſte Royne en ſa fleur ne defface :
Aux miens & moy tous biens donne & pourchaſſe,
Mes nuyſans chaſſe,
Mais, qui tout paſſe,
Elle a ung bien qui vient, ie croy des cieulx,
C'eſt qu'onc humain tant euſt-il malle grâce
Ou ſimple audace,
Devant ſa face
Ne départit qui ne fuſt tout ioyeux.

Dont, celle c'eſt qui tout bien ſatisfait,

Et l'imparfait
Par noble effect
Humainement excuſe en ſon affaire.
O Dieu, pour quoy as tel chief-d'œuure fait,
Si très parfait
En dit & fait,
Pour en fleur d'ans ainſi rompre & deffaire?
Las! c'eſt la dame où tout bien ſe reffère,
Chef qui préfère,
Oeil ſtellifère
Rendant clarté de vertuz & bienfait;
Ne ſouffre dont la darde peſtifère
Ung tel mal faire,
Comme deffaire
Ce qui ne peult au monde eſtre reffait.

C'eſt le mirouer ſans macule ou diffame
Où toute femme
De noble fame
Se doit mirer pour enſuiuir vertuz;
Car de tous biens que pourroit auoir dame
En corps & âme,
Malgré tout blaſme,
Sont ſes eſprits aornez & veſtuz.

Tous beaulx eſpritz par poureté batuz,
Preſque abattuz,
A reueſtuz
Par charité ardante comme flame.
Ainſi maintient d'honneur les haulx ſtatutz,
Mieux que Ponthus,
Ou Roy Artus,
Jadis luyſans en honneur plus que gemme.

Vers 446-447. Ponthus, héros d'un roman de chevalerie ayant pour titre : *Hyſtoire de Ponthus, fils du roy de Gallice, & de la belle Sidoine, fille du roy de Bretaigne ;* type par excellence du chevalier errant, ſa vie ſe partage entre d'interminables combats & les tendres ſentiments qu'il éprouve pour ſa maîtreſſe. Enfin, après avoir triomphé de tous les obſtacles, déjoué les trahiſons de l'infâme Gannelet, défait les infidèles, être reſté vainqueur dans maints tournois, avoir navigué ſur toutes les mers & conquis pluſieurs royaumes pour d'autres & la Gallice pour lui, il épouſe celle qu'il aime, & il meurt de vieilleſſe au milieu d'une nombreuſe poſtérité. Quant au roi Artus, le héros du cycle de la Table-Ronde, voici quelques lignes de Wlſon de la Colombière (*Théât. d'honn. & de Chev.* t. I. p. 132) qui donnent de lui une aſſez juſte idée : « Le roi Artus fut un très vaillant conquérant & lequel les fabuleux romans ont pris pour le prototype de toutes ſortes d'honneur & de vertu héroïque, qui a été un des neuf preux de l'antiquité & un des plus ſplendides & magnifiques princes qui aient jamais été. Il inſtitua l'ordre & la fraternité des Chevaliers de la Table-Ronde & ordonna qu'il n'y en auroit que cent cinquante au plus... Il fit conſtruire un magnifique palais à Kamalot, au royaume de Malogre, qui avoit quatre grandes avenues, dans la plus grande ſalle duquel la Table Ronde eſtoit, & avoit ceſte ſalle quatre portes & quatre eſcaliers bien larges par où les chevaliers montoient ſans cérémonie. Car eſtans chevaliers d'un meſme ordre & confrères d'une même milice, ils n'avoient aulcune préféance ni prééminence l'un ſur l'autre..... » Voy., pour plus de détails ſur l'hiſtoire d'Artus & de ſes exploits, les traditions poétiques des Bretons, recueillies par Geoffroy de Montmouth & plus tard miſes en vers français par Robert Wace.

Hélas, mon Dieu, iette tes mortelz coups
Deſſus les coulz
De ces faulx loups,
Meurtriers, larrons, vſuriers & pillars,
Et non ſur celle, au cueur tant ſimple & doulx,
Qui nous a tous
De mal reſcoux
Tant que à préſent, ſommes gays & gaillars.
Meſchans bragars, larronceaulx & paillars,
Traiſtres brouillars
Nos vins & lars
Ne viennent plus derrober malgré nous;
Juſtice a lieu. Mais les traiſtres léopars
Dedens nos parcz
De toutes pars
Veullent entrer pour nous mettre au deſſoubz.

Vers 451 à 460 : Il faut lire dans les mémoires contemporains le récit de la déſolation profonde où la France était alors plongée. Des bandes de voleurs, de *larrons*, ſelon l'expreſſion de Jehan Marot, infeſtaient les campagnes dans le voiſinage des villes & dépouillaient le peuple de ce qui avait échappé aux partiſans ou aux Anglais. Sous Louis XII, l'ordre & la paix commencent à renaître. Le poète n'eſt donc que l'interprète fidèle de l'allégreſſe générale.

Vers 461 : *Les traiſtres léopars*. Les armes d'Angleterre étaient primitivement : *d'azur à la croix fleurancée d'or cantonnée de quatre merlettes & une en pointe de meſme*. Guillaume, duc de Normandie, en s'embarquant à St-Valery, reçut du pape un gonfanon bénit à ſes armes, portant *de gueules à trois léopars d'or l'un ſur l'autre*. Après la conquête, les léopards paſſèrent dans l'écuſſon de la Grande-Bretagne.

Mais ſi tu veulx que celle ne perdons,
Qui pour guerdons
Donne grans dons
A tous vaillans genſdarmes & archiers,
Nous gaignerons enſeignes & guydons,
Lances, bourdons
De ces godons
Anglois, couez plus que regnars terriers.
Ce ſont noz vieilz ennemys faulx & fiers,
Qui noz deniers
Ont en greniers
Larrons, murtriers, gens ſans grâce ou pardons;
Mais ſi iamaiz entrent en noz quartiers,
De noz routiers

Vers 471 : *Godons*, gourmands (Roq.). On lit page 381 du *Baron de Fœneſte* (éd. Le Duchat) : « Ce mot s'eſt dit autrefois de tout homme de table en qui la bonne chère avait produit un de ces gros ventres qu'on appelait ventre à poulaines, parce qu'en Pologne, on en voit beaucoup de tels ou par art ou par nature. » Olivier Maillard dans ſon ſermon XXIV, en parlant du mauvais riche, s'exprime ainſi: *Iſte erat groſſus godon qui non curabat niſi de ventre.* Guill. Crétin parle des *godons* d'Angleterre. On a fait auſſi à l'uſage des femmes le diminutif *godinette*, qui ne manque ni de gentilleſſe ni de grâce. Quelques étymologiſtes font venir ces mots de *godale*, eſpèce de bière douce qui engraiſſe. On pourrait encore chercher leur racine dans *gaudere*, *gaudibundus*, en ſe rappelant le verbe déjà vieilli *ſe gauder*. Voy. du reſte Diez (*Etym. Worterbuch der Rom. Sprachen*, au mot *Goda*.)

Vers 472 : *Couez* pour Couards.

Vers 478-479 : *Routiers*, payſans

Aduenturiers
Batuz ſeront mieulx qu'en nopces bedons.

O Dieu des dieux, tu as ouy Nobleſſe,
Que douleur bleſſe,
En toute humbleſſe
Grâce quérant pour ſa Princeſſe & Dame,
L'Egliſe après te ſupplie en deſtreſſe
Que mort ne oppreſſe
Noſtre Maiſtreſſe,
Ains ſaine ſoit de cueur, de corps & d'âme,
Et moy pouret, mes enfans & ma femme
En noſtre game
Cheſcun te clame
Diſans: « Iheſus, Souueraine Haulteſſe,
Oeuure l'eſtuy de ton guériſſant baſme
Et toſt l'enbaſme;

qui vivaient de brigandage. On eſt fort peu d'accord ſur l'origine de ce mot; Ducange le fait venir de *Ruptuarii*, gens qui vont à la débandade. *Aventuriers*, hommes ſans patrie, ou ſerfs échappés à la glèbe, qui avec les routiers formaient le fonds des milices non féodales du moyen âge. Vendus tour à tour aux divers partis, ils faiſaient de la guerre leur unique moyen d'exiſtence. Si le poète en parle ici en auſſi bonne part, c'eſt que la France venant d'acheter leurs ſervices, croyait pouvoir compter ſur leur concours.

Vers 480: *Bedons*, tambours.(Roq.)

Que mort ne paſine
Noſtre Dido, noſtre Heſter & Lucreſſe. »

L'ACTEUR

Lorſque Labeur eut mys à ſes ditz fin,
Aduis me fut qu'au troſne ſéraphin
Fuz tranſlaté, dont mes dolens eſpritz
En ceſt inſtant furent de ioye eſpris,
Car oncques cueur triſte ne demoura
En paradis où ioye & amour a:
Là ne craint on maladie ne mort,
Ne poureté qui maint trauaille & mort;
Fain, ſoif, chault, froit, ſoucy, trauail & paine
Ne ont point de lieu en ceſte court haultaine;
Là ne craint on les durs chocz de fortune,
Coniuremens, enuie, ne rancune;
Là rapporteurs de leurs ſens ſont au bout,
Car le Seigneur de léans congnoiſt tout;
Là n'a que paix, amour & charité,
Joye & plaiſir, ſanté, félicité,
Haulx dons diuins & gloire ſupernelle,
Grâce de Dieu, vie ſempiternelle.

Hélas, vray Dieu, que ceulx eureux ſeront
Qui après mort telz biens poſſéderont!
Car ſeullement le ſonge où fuz adoncques
Meſiouyt plus que choſe que vis oncques,
Car lors voyant les haultes iérarchies
D'Angelz benoiſtz de clarté enrichies,
Mes yeulz mortelz cheſcun coup fleſchiſſoyent
Aux clers rayons qui d'eulx reſplendiſſoyent;
Mille ſoleilz, comprins en vne eſſence,
A moytié près n'ont tant de reluſcence
Que la moindre âme ès cieulx ſainctifiée,
Tant eſt de gloire & grâce ampliffiée.
Dont, contemplant ces haultes régions,
Aduis me fut, que mille légions
D'Angelz ie vis, chantans motetz & hympnes,
Auec choros, pſaltérions, bucynes
Qu'ilz accordoyent en ſi doulce armonie
Que bien monſtroyent eſtre ioye infinie.

Lors aduiſay que deux d'iceulx portoyent
Vne couronne & telz mots relatoyent:

Vers 530 : *Choros*, choeurs, voix ; *Pſaltérions*, inſtruments à cordes, de *Pſalterium ; Bucynes*, trompettes, inſtruments de cuivre, de *Buccina ;* enſemble qui forme un orcheſtre au grand complet.

« *Venez, venez, Anne Royne de France,*
Laiſſez la terre & le val de ſouffrance
Et ne plaignez puiſſance impériale,
Chapeau ducal, ne couronne royale,
Car ceſte cy avez bien méritée,
Dont bref ſera la voſtre âme héritée. »
L'autre diſoit : « *A la volunté mienne*
Ores fuſt cy Anne trèscreſtienne,
Celle de qui le hault bruit & louenges
Eſt jà commun entre noz benoiſtz anges.
Eureux ſerons de voir en noz ihérarches
L'honneur & los des terreſtres monarches. »
Voillà comment le Ciel s'eſiouyſſoit,
Et comme Terre en douleur gémiſſoit.
En ceſt inſtant les déuotes prières
Des lamentans des mondaines frontières
Montoyent en l'aer, tant que les cieulx percèrent
Et deuant Dieu tout à plain ſe monſtrèrent.
Là fut pitié d'ouyr les dolens cris

Vers 537-538 : Anne devait à ſa naiſſance la couronne ducale de Bretagne; par ſon mariage auſſitôt rompu que contracté avec Maximilien, empereur d'Autriche, elle vit la couronne impériale ſe poſer un moment ſur ſa tête ; enfin elle retint la couronne royale juſqu'à ſa mort, en épouſant d'abord Charles VIII, puis enſuite Louis XII.

Des déſolez, de douleurs tous perſcrips,
Car oncques pluye en terre ne cheut mieulx
Comme leurs plains montoyent deuers les cieulx.

Lors me ſembla que des bieneurez ſiéges,
Où les Vertuz, par haultains priviléges,
Ont place & lieu, que Dame Charité
Se deſcendit. Mais à la vérité
Impoſſible eſt la richeſſe deſcrire
De ſes habitz; mais tant vous doit ſuffire
Que plus luyſante eſtoit que nulle eſtoille,
Ne reſplendeur en ce monde n'a telle.
Auecques elle eſtoyent Dame Pitié,
Amour auſſi, pour ouyr le dictié
Qu'elle fiſt lors en toute humanité
Devant la haulte & ſaincte Trinité.

Vers 558: Les *Vertus* appartiennent à la ſeconde hiérarchie de l'armée céleſte avec les *Dominations* & les *Puiſſances*; en première ligne viennent les *Séraphins*, les *Chérubins* & les *Trônes;* au troiſième rang ſe placent les *Principautés*, les *Archanges* & les *Anges*.

L'ORAISON DE CHARITE

CHARITE

O Dieu puiſſant,
Tout congnoiſſant,
Souuerain père,
Fruit fleuriſſant
Dont fut yſſant
Grâce proſpère,
Céleſte ſpère,
Diuin repaire
Où giſt l'eſpoir du languiſſant,
Je te ſupply que la vipère
Mort ne tairiſſe ou ſupère
La fons dont tout bien eſt naiſſant.

Ainſi que l'onde
En ſource habonde,
Puys prent ſon cours,

Vers 575 : *Spère*, ſphère. Peut-être ne faut-il voir là qu'une faute de copiſte.

Son bien desbonde,
A tout le monde
Donnant secours;
C'est le recours
Aux gens des cours,
Tenant mon lieu en terre ronde;
Onc ses bienffaitz ne furent cours,
Ains s'augmentent tant tous les iours
Que le bruit jusqu'à toy redonde.

O Dieu des dieux,
Vault il pas mieulx
Qu'elle supporte
Tous ennuyeux
En ces bas lieux
Que mort l'emporte;
Les bons enhorte
Et son corps porte
Patron de bien aux vicieulx:
L'ung enrichit, l'aultre conforte,
Dont tant plus viura de tel'sorte,
Tant plus de gloire aura aux cieulx.

Cil qui s'endort
A péché ort,
D'eſpoir bany
Si malle mort
Le point & mort,
Trop n'eſt pugny ;
Mais corps garny
De bien muny,
Qui à malfaire ne s'amort,
Doit il eſtre de mort honny
Auant ſes iours? Certes nenny,
Bienffait au monde ſeroit mort.

A ma prière,
Tu mis arrière
D'Adam l'offence ;
A la très chière
Suſanne entière
Tu fuz deffence ;
De violence
Et peſtilence
Gardas Jonas en beſte fière ;

Vers 606 : *Ort*, de *Horridus*, impur.
Vers 613 : *S'amort*, *admordet*, s'attache à ; (Roq. & Burguy, au mot *Mordre*).

Si doncques ta bonté immenſe
Sauluez les a, par ta clémence
Garde que mort Anne ne fière.

Voy les complains
De douleurs plains
Que de bon zelle
Poures humains
A ioinctes mains
Te font pour elle.
L'uniuerſelle
Voix te décelle
Ses vertuz & biens ſouuerains,
Affin qu'en vie temporelle
Viue ſon eage naturelle,
Puys Paradis aux iours derrains.

ℂ. L'ACTEUR

Ainſi prioit la dame Charité
Le Roy des cieulx pour la proſpérité

Vers 640 : *Derrains* : derniers, *de retro-anus*. Voyez Burguy (*Grammaire de la langue d'Oil*, t. III), au mot *Rier*.

D'Anne Royne, Ducheſſe de Bretaigne,
Diſant ainſi que trop perte & peu gaigne
Pourroyent auoir humains par ſon décès
Et qu'ainſi ſoit ; des orribles accès
De poureté auoit ſoulagié mains
Par les beaulx dons de ſes ouuertes mains.
Lors tout ſoudain pour approuuer ſes ditz,
Aduis me fut qu'en ce hault Paradis
Je vis voller plus de deux milles âmes,
Dyadémées, plus luyſantes que gemmes,
Diſantes : « Las, ô dame Charité,
Tu n'as rien dit qui ne ſoit vérité ! »
Diſoyent les ungs : « Iadiz nous entretint
En mainte eſcolle, où ſi bien nous maintint,
Que par le bien que aprins nous y auons
Gloire immortelle ores en recepuons. »
Aultres diſoyent : « Iadiz viuans ſur terre
Après auoir dedens mortelle guerre
Membres perduz & tous biens deſpenduz,
A déſeſpoir quaſi preſque renduz,

Vers 647 : L'eſprit charitable de cette princeſſe la portait à d'abondantes aumônes ; ainſi, dans un de ſes voyages à Nantes, elle fit don aux hôpitaux d'une quantité conſidérable de tapiſſeries (*Arch. imp.*, Reg. K. 83, f° 35, v°).

Venans vers elle à refuge & recours,
Auons trouvé confors, ayde & ſecours. »
D'aultre coſté mains féménins eſpritz,
Inthroniſez au céleſte pourpris,
Venoyent diſans : « O Charité la belle,
Non ſans cauſe as formé ton beau libelle,
Priant pour celle en qui a tant de bien
Qu'il n'eſt viuant qui ſceuſt dire combien,
Car, nous eſtans ès terreſtres monarches,
Voullut ouurir le tréſor de ſes arches
Pour marier nous aultres iouuencelles,
Nous préſeruant des ardans eſtincelles
Dame Vénus, auſſi de poureté
Souuent contraire à toute loyaulté.

Voillà comment ces âmes bénédictes
Recongnoiſſoyent les bienffaitz & mérites

Vers 673 : Nous avons déjà parlé (v. 130) des jeunes filles de grande maiſon réunies à la cour par les ſoins d'Anne de Bretagne. Les bonnes mœurs, l'eſprit & la grâce de cette cour féminine étaient ſi réputés en Europe, que Ladiſlas Jagellon, roi de Bohême, pria la Reine, par ambaſſadeur, de lui choiſir entre les demoiſelles de ſa ſuite une ſage & belle perſonne digne de monter ſur le trône. La Reine déſigna Anne de Foix, fille unique de Jean & de Catherine de Foix. Ferdinand V, roi d'Aragon, devenu veuf, épouſa de la même manière Germaine de Foix, ſœur du fameux Gaſton de Foix, nièce de Louis XII. Voy. Hilarion de Coſte, *Vies & Eloges des Dames illuſtres*, t. I, p. 8.

Que ceſte dame Anne, Royne de France,
Jadiz leur fiſt en leur dure ſouffrance.
Lors Charité deuant Dieu les préſente
En luy diſant : « Grâce ne ſoit exempte,
Vray doulx Ihéſus, à celle qui a fait,
Et fait encor tant de dons & bienffait ;
Regarde & voy ces eſpritz bieneurez
De ſa douleur triſtes & eſplourez,
Te prians tous que ſanté lui ottroye,
Si que Atropos ſa vie ne meſtroye ;
Que diray plus, fors que la Terre crie
Par oraiſon & le Ciel te deprie,
Et, de ma part, te pry par amitié
Que de ſon mal vueilles auoir pitié,
Si qu'elle puiſſe en bienffaiſant touſiours,
Viure le cours de ſes naturelz iours. »

Quant Charité
La bonne & belle,
Eut ſon libelle
Tout récité,
En purité
Vint Vérité,
Qui de bon zelle

Toſt après elle
Fiſt ſon dicté:
La Trinité
En vnité
Pria pour celle
Qui tous précelle
D'humilité.
D'aultre coſté
C'eſt préſenté
La damoyſelle
Foy, plus que eſtoille
Portant clarté;
De ſa bonté
Elle a traitté
L'oreſon telle
Que ie réuelle
Par ce traicté.

L'ORAISON DE FOY

Dieu tout puiſſant, qui iadiz me eſtabliz
Viure entre humains & tant les ennobliz

Que de mon nom leurs cueurs tu embelliz
Par l'efficace
De ton pur ſang dont vint la loy de grâce,
Je te ſupply que la mort ne meſſace
A la Royne Anne, où tout bien ſe compaſſe,
Los & honneur.
Mais plaiſe toy, très ſouuerain Seigneur,
Luy ottroyer telle grâce & bon eur
Que ſon eſpoux, de France domineur,
S'en eſiouyſſe ;
Car s'il aduient que mort d'elle iouyſſe,
Force ſera qu'en regretz il languiſſe.
Déchaſſe dont celle cruelle liſſe,
Fière Atropos,
Tant que Nobleſſe auecques ſes ſuppos,
L'Egliſe auſſi & Commun en repos
Puiſſent tenir de ſa ſanté propos,
Toy collaudans.
Regarde & voy leurs yeulx & mains tendans
Deuers ton ciel, &, par déſirs ardans,
Miſéricorde à toy ſeul demandans

Vers 733 : *Liſſe* ou *lice*, chienne née d'un loup. Eſt ici pris en mauvaiſe part ; s'entend, en général, de la femelle des animaux. (Roq.)

Pour la ſanté
De celle Dame, en qui tu as planté
Grâce & honneurs à ſi grande planté,
Qu'il n'eſt viuant qui ne ſoit enchanté
De ſon amour.
Exaulce dont leur déuote clamour,
Car moult prouffite en terre ſon demour:
Bonne eſt aux bons, mauluais tient en cremour.
O cueur viril
En corps de dame! O courage gentil,
Ardant en foy! charitable fouſil,
Où tout humain pour éuiter péril
Trouue lumière.
Ne ſeuffre dont ta bonté couſtumière
Véoir ceſte Royne en terreſtre fumière,
Ains la réduitz en ſa ſanté première,
Comme tu fiz
La Cananée & auſſi le bon filz
Centurion, leſquelz en foy confiz,

Vers 744 : *Planté*, abondance ; *à grant planté*, à profuſion. (Roq.)

Vers 749 : *Cremour*, crainte, appréhenſion. (Roq.)

Vers 752 : *Fouſil*, fuſil, briquet.

Vers 756 : *Fumière*, littéralement, trou à fumier ; comparaiſon peu flatteuſe pour notre planète.

Tu déliuras & jettas hors des filz
De mort cruelle.
Si dont leur foy te fut tant doulce & belle
Que les ſauluas, que doibz tu faire à celle
Qui eſt de Foy la viue fontenelle,
Très creſtienne !
Et s'ainſi eſt qu'en ta loy ancienne
Tu déliuras de main égiptienne
Ton peuple eſleu, à la voulenté mienne
Garde & préſerue
L'aultre Dido, la ſeconde Minerue,
Riche Juno, qui tréſor ne réſerue,
Car chicheté tient ſoubz piedz comme ſerfue,
Faiſant congnoiſtre
Que tout ainſi que ès arbres tu fais croiſtre
Fruitz ſauoureux, pour tous humains repaiſtre,
Donnes tréſors aux princes du bas eſtre
Affin que d'eulx
Soyent ſecouruz tous poures ſouffreteux.
Largeſſe eſt dont guidon des vertueux,
Nobleſſe augmente, & donne aux valeureux
Eur & victoire,
Les cueurs rauit par œuure méritoire ;
C'eſt le hault bien qui conduyt l'homme à gloire,

Attrait d'amour, d'honnneur repoſitoire ;
Bref ſoubz icelle
Toute vertu ſe reſconce & recelle.
O Dieu puiſſant, gardez dont voſtre ancelle
Tant libéralle, & paix ſoit auec elle.

En tel' façon dame Foy propoſa
Son oraiſon dont le beau propos a
Meu à pitié toute la court diuine,
Mais qui plus eſt, celluy qui tous domine
A ſes doulx motz ſa fureur appaiſa.

Alors Pitié contre Mort s'oppoſa,
Car le ſien dart oncques puys ne poſa
Sur ceſte noble & diſcrète Régine
En tel' façon.

Dont Eſpérance à ce fait aduiſa,
Laquelle toſt après ſe diſpoſa
Faire oraiſon ; par quoy, la teſte encline,
Genoulx flexiz, en voix doulce & bénigne

Vers 787 : *Reſconce*, *reſconcer*, cacher. Voy. Burguy, au mot *Eſconcer*.

Deuant Ihéſus ſon dicté compoſa
En tel' façon.

L'ORAISON D'ESPERANCE

O doulx Ihéſus, qui tant te humilias
Que pour nous fuz batu, prins & lié,
Et puys par mort le lien deſlias
Lié d'Adam, ains le temps d'Hélyas
Qui des enfers nous auoit allié,
Je te ſupply, rendz ioyeux & lié
Le corps qui a par amoureux délitz
Lié l'hermine auec la fleur de lis.

Si qu'en nos iours, ne voyons départir
Ce par royal où hayne n'euſt onc part,

Vers 812 : L'*hermine*. Les ducs de Bretagne portaient d'*hermine* avec la deviſe : *Potius mori quam fœdari*.

Vers 814 : *Par*, couple. Clément Marot s'eſt emparé de cette idée d'une manière fort ingénieuſe, & nous repréſente le Roi Louis XII & la Reine Anne réunis après leur mort dans le temple de Cupido :

Or en ce lieu vn grand prince je veis
Et vne dame excellente de vis,

Ou aultrement voirras au départir
Deux cueurs loyaulx froiſſer & eſpartir
Dont nul fors toy ne peult faire départ.
Si l'ung tu prens, l'aultre ne peult à part;
Par quoy deux maulx viendront en départant
Ung cueur royal dont des biens il part tant.

J'ay ceſt eſpoir, ſi ta miſéricorde
Santé accorde à ce débile corps,
Que encor mettra à tous diſcors concorde
En concordant paix auecques diſcorde,
Tant qu'on crira paix à trompes & cors:
Mais s'il aduient qu'en cordant ces accors
De ſes beaulx iours le fil ou corde rompt,
Encor de l'an princes n'accorderont.

Veulx tu de Mort faire les traitz paſſer

Leſquels portant eſcus de fleurs royales,
Qu'on nomme lys & d'hermines ducales,
Viuoient en paix deſſoubz cette ramée,
Et au milieu Ferme Amour d'eux aymée.

Vers 823 & ſuiv.: Les partiſans de la paix comptaient beaucoup ſur la Reine Anne. Louis XII, dont nous avons déjà pu apprécier la faibleſſe de caractère, cédait aſſez volontiers aux influences de ſa femme; & la Reine, dominée par ſes ſcrupules religieux, aurait voulu, à tout prix, ne pas ſe brouiller avec le Souverain Pontife, ce qui aſſurait de bons rapports avec l'empereur, ſon allié.

A celle Dame, où tout bien ſe compaſſe,
Qui tes commands onc ne voult treſpaſſer,
O Dieu des dieux, plaiſe encor te paſſer
De l'amaſſer ſoubz la terre qu'on paſſe ;
En bien faiſant a paſſé vne eſpace
De temps au monde, & encor paſſera
Juſques à tant que au derrenier pas ſera.

En te ſervant elle c'eſt aſſeruie
De te ſervir comme ton humble ſerfue,
A ſon pouoir, donnant à tes ſerfz vie,
Dont m'eſt aduis que grâce a deſſeruie,
S'il eſt ainſi que ſeruir bien deſſerue ;
Chaſſe dont mort, celle fière loucerue,
Qui aſſeruir veult ta franche ſeruante,
Des tiennes loix curieuſe obſeruante.

Son eſpérance à toi ſeul a fermée,
Conſidérant qu'au monde n'a riens ferme ;
Le iour qu'el' fut par nature formée
Ta grâce fut en elle confermée,

Vers 839 : Voy., ſur les munificences d'Anne de Bretagne, v. 323, note.

Ainſi qu'en coffre où tout bien l'on enferme,
Et maintenant que ſes tréſors defferme,
Son corps enferme, en terre veulx fermer,
Qui pour humains eſt deſconfort amer.

Ne ſeuffres dont, ô Ihéſus, que la Mort
Sur elle face à préſent ſa morſure,
Ou tous mortelz auront piteux remort
De déſeſpoir qui l'eſprit point & mort,
Voyant ſouffrir à leur Dame mort ſûre.
Plaiſe toy dont la faire de Mort ſeure
Juſques au bout de ſon aage mortel,
Et après Mort dyadeſme immortel.

L'oraiſon faicte, ainſi que auez ouy,
Très grandement me trouuay reſiouy,
Car Eſpérance à paine eut acheuée
Son oraiſon, que Force c'eſt leuée,
Acompaignée en triumphans arroys
De Ducz, Marquiz, Comtes, Empereurs, Roys
Et aultres gens de haulx & grans eſtimes,
Entiers de cueur, conſtans & magnanimes,
Entre leſquelz, recongneuz, celle part,
Charles le Grant portant leur eſtandart.

Adoncques Force auecques ſes ſuppotz
Va commencer à faire ſon propos,
Priant Ihéſus qu'il doint à celle Dame
Santé de corps & toute grâce à l'âme.

Ces motz concluz, ſuruint dame Iuſtice,
Auecques elle en belle ordre & pollice
Tant d'Empereurs, tant de Roys & de Contes
Que impoſſibl'eſt les vous nombrer par comptes;
Leſquelz vivans auoyent, en tous endroitz,
Gardé Iuſtice & obſerué les droitz.
Mais tout ainſi comme l'œil ſe tranſporte,
Je recongnuz, parmy celle cohorte,
Le glorieux iuſticier Saint Louys,
Dont mes eſpritz furent très reſiouys;
Car de Iuſtice il portoit la banière
Marchant deuant en pompeuſe manière.
Juſtice alors fiſt ſon humble oraiſon
Diſant ainſi, que par droit & raiſon
Très iuſtement l'on peult tout mal pugnir,

Vers 874 : Clément Marot a reproduit ce vers avec une légère modification dans ſa pièce intitulée : *Chant Royal chreſtien qui fut mys au may de la ſainƈte chappelle*, où il le fait revenir à chaque ſtrophe en forme de refrain :

Santé au corps & paradis en l'âme.

Pareillement tout bienfait rémunir ;
Dont concluoit & mettoit en auant
Que ceſte Dame auoit, en ſon viuant,
Fait tant de biens, que pour la récompenſe
Bien méritoit auoir de mort diſpenſe,
Et qu'en viuant, encor augmenteroit
Sa ſainčteté, par les biens qu'el' feroit,
Priant à Dieu que du dart peſtifère
La préſeruaſt en ce mortel affaire.

Quant Iuſtice eut tout ſon cas récité,
Aduis me fut que Liberalité
Vint arriuer ; & Dieu ſçait quelle bende
Elle amena ; car il fault qu'on entende
Que les neuf Preux, je ignore des payens
Craignant errer contre théologiens,
Y furent tous auec mains Roys & Princes
D'eſtranges lieux & diuerſes prouinces ;
Dont par ſur tous ie vis porter l'enſeigne
Au bon Françoys iadiz Duc de Bretaigne,

Vers 908 : François II, dernier duc de Bretagne, entra en poſſeſſion de ſon duché le 9 février 1549. Inquiété dans ſes droits par Louis XI, il prit une part active à la *Ligue du bien public*. Après pluſieurs années de lutte, il fit la paix avec le Roi de France, tout en négociant une alliance avec le

En ditz & faitz Prince très renommé,
Priſé des ſiens & d'eſtrangiers amé,
Vray géniteur de Anne, noſtre maîtreſſe,
Que maladie ores tient en deſtreſſe.
Ce noble Duc, plus luyſant que l'aurore,
S'en eſt vollé juc au diuin prétoire
De Dieu le Père, auquel a propoſé
Le narré tel que ay cy après poſé.

¶ ORAISON EN RONDEAU

Hault Plaſmateur de l'humaine facture,
Tout ainſi comme as gardé de mort dure

Roi d'Angleterre. Sa fille Anne, héritière future de ſes Etats, fut même fiancée au prince de Galles. La mort ayant ſurpris Louis XI au milieu de nouveaux préparatifs contre la Bretagne, Charles VIII, ſon ſucceſſeur, reprit les hoſtilités. Ce fut alors qu'on vit le duc d'Orléans, appelé à monter un jour ſur le trône de France ſous le nom de Louis XII, ſe retirer à la cour de Bretagne avec pluſieurs autres Seigneurs, &, dans une guerre juſtement appelée *la guerre folle*, porter les armes contre ſon Roi. Mais la victoire de St-Aubin remportée par le ſire de La Trémouille arrêta la lutte. En 1485, le duc François II, aſſemblant ſes états à Rennes, leur avait fait déſigner ſes deux filles Anne & Iſabelle pour lui ſuccéder à défaut d'héritiers mâles; la mort d'Iſabelle, arrivée bientôt après, aſſura à ſa ſœur Anne des droits ſans partage au duché de Bretagne. François II mourut à Couëran, le 9 ſeptembre 1488, & le mariage d'Anne avec Charles VIII d'abord & Louis XII enſuite, effaçant toute trace des anciennes querelles, réunit définitivement la Bretagne à la France.

Les troys enfans en l'ardante fournaiſe,
Très humblement ie te pry qu'il te plaiſe
Garder ma fille & tienne créature.

Remémorant paternelle nature,
Contraint ie ſuys d'amoureuſe pointure
Te ſupplier que ſon gref mal s'appaiſe,
Hault Plaſmateur.
Puys ie congnois qu'elle enſuit par droicture
Mes faitz & meurs, & qu'à tous el'procure
Honneurs & biens, dont à tous ſon mal poiſe;
Plaiſe toy dont la mettre hors de méſaiſe,
Car à toy ſeul en appartient la cure,
Hault Plaſmateur.

¶ L'ACTEUR

L'Architecteur du hault troſne célique,
Meu de pitié par pleur mélencolique,
Cris, oraiſons partans des humains cueurs
Noyez en mer de paſſibles liqueurs,
Auecques ce, par les humbles requeſtes
D'Eſpritz diuins & des Vertuz céleſtes,

Voyant auſſi l'immobile conſtance
De ceſte Dame, Anne Royne de France,
Qui, tout ainſi que le roc ſe maintient
Puiſſant en mer, & la force ſouſtient
Des cruelz ventz, nauffrages, tourbillons,
A ſouſtenu les poingnans eſguillons
De heur & malheur, tellement que fortune
De la troubler n'eut onc puiſſance aulcune,
Tranſmiſt çà bas, pour la ſanté d'icelle,
Miſéricorde auecques l'humble ancelle,
Dame Pitié, qui, d'ung voulloir affable,
Celluy command ont eu moult agréable.

Mais tout premier que d'esbranler leurs aelles
Ilz ont ſaiſy drogues céleſtielles,
Haulx dons de grâce & manne ambroſienne,
Que la céleſte & grant phiſicienne
Grâce diuine auoit ià préparée.
O mixtion & liqueur nectarée!
Lors, délaiſſant le ſiége ſéraphin,
Vont vollitant iuſqu'au ciel criſtallin,
Duquel voyant les ſignes & planettes,
Aſtres luyſans, eſtoilles & comettes,
Prindrent chemin par lactéane voye

Qui droictement les adreſſe & conuoye
Juſqu'au logiz du begnin Iupiter ;
Par quoy laiſſant, ſans voulloir s'arreſter,
Le fier aſpect rétrograde Saturne
Qui ià tendoit ſur le ſiége nocturne
Du Scorpion ; déclinans du rencontre
De Mars cruel regardant à l'encontre
Trop fièrement de Gemini le ſigne,
Vont au pallais de Iupiter tant digne ;
Tantoſt après s'en tirent vers Vénus
Qui ſe iouoit auec ſes filz tous nudz,
Le beau Iocus & le doulx Cupido ;
Lors ſe ſont ioinctz au ſigne de Virgo ;
Ce chemin fait, d'ung vouloir débonnaire,
Vindrent vollant iuſques au ciel lunaire ;
Duquel voyant du monde les climatz,
Sans redoubter bruynes ne frimatz,
Paſſent les mers & fins orientalles ;
Lors ont choiſy les haultes tours royales
Du grant palais & terreſtre pourpris,
Où père Adam jadis fiſt le meſpris,
Dont regardant les fruitz, entes & fleurs

Vers 982 : *Entes*, greffes (Roq.)

D'odeur ſuaue & céleſtes couleurs,
Vont aduiſer le grant Arbre de Vie
Dont la beaulté du fruit l'homme conuie
A le cueillir. Adont Miſéricorde
Voullant fournir ſa primeraine exorde,
Print dudit fruit pour faire médecines,
Le diſtillant auec drogues diuines.

Tout cecy fait, ſoudain ſont départies
Fendant les aers en ces meſmes parties,
Tant que ont gaigné les Iſles Fortunées,
Que les aulcuns appellent Syanées,

Vers 984 : *Arbre de Vie*. D'après le témoignage de l'Ecriture (*Gen*. ch. II, v. 9.), cet arbre ſe trouvait dans le paradis terreſtre à côté de celui de la ſcience du bien & du mal. Les commentateurs ont beaucoup bataillé ſur la queſtion de ſavoir s'il donnait la vie naturelle ou ſurnaturelle, ſans avoir jamais pu tomber d'accord. Salomon appelle auſſi la ſageſſe l'arbre de vie, & ce nom a été également donné à la croix du Chriſt ſur le Calvaire. Nous ajouterons que vers le commencement du XVIe ſiècle, on apporta du Canada en France un arbre au feuillage toujours verdoyant & exhalant une douce odeur. Le peuple, dans ſon langage poétique, le déſigna ſous le nom d'arbre de vie. C'eſt plus ſimplement une eſpèce de *pin* dont la ſcience a fait de ſon côté le *Thuya Theophraſti*. (Voy. Dict. de Trévoux au mot *Arbre*.)

Vers 992-993 : *Iles Fortunées*. Elles devaient ce nom à la douce température de leur climat ; il y régnait un printemps éternel & la terre y produiſait d'elle-même les fleurs & les fruits. Les anciens y avaient placé les Champs-Elyſées & les appelaient auſſi Heſpérides ; elles portent aujourd'hui le nom de Canaries. Le poète fait ici confuſion avec les îles Cyanées, *Cyaneæ petræ*, roches de forme irrégulière placées à l'entrée du Pont-Euxin, ſurnommées *Symplégades* par les navigateurs, parce que entourées d'un brouil-

Lieu tant plaiſant que vous deuez ſçauoir
Que ſa beaulté trait les gens à le veoir:
Là ne craint on pluye, vent ne froydure,
Car c'eſt ung lieu d'immortelle verdure,
Là peurent veoir arbres ſalutiffères,
Fruitz ſauoureux & fleurs odoriffères;
Là croiſt la belle, odorant Panacée
Qui tantoſt fut par elles amaſſée,
Car à tout mal, tant ſoit au corps gréuable,
Incontinent elle eſt remédiable;
Mais qui plus eſt, le fier dragon veillant
Ne les tint onc qu'ilz n'allaſſent cueillant
Troys pommes d'or, au clos des Heſpérides;
Puys, volitant par les grans mers liquides,
Arriuées ſont en l'opacque foreſt
Où le rameau d'or fin pullule & croiſt,
Duquel ont prins des fueilles, ſe me ſemble,
Puys ont le tout broyé & mys enſemble

lard éternel & mobile, elles ſemblaient s'éloigner puis ſe rapprocher comme pour briſer les navires qui s'aventuraient dans ces parages. Voy. ſur les Iles Fortunées Strabon, I; Pline, VI, ch. 31, 32, & ſur les Symplégades ou Cyanées, Strabon I, 3, & Pline, VI, ch. 12.

Vers 1009: *Le Rameau d'or*. C'eſt ſous la protection de ce taliſman qu'Enée allant viſiter ſon père, gagne les rives infernales avec la certitude d'en revenir. (Voy. *Enéide*, liv. VI, vers 204 & ſuiv. & encore le Dict. de Trévoux au mot *Rameau*).

Et deſtrempé en l'herbe de Glaucus
Qui pour telz cas vault d'or cent mille eſcutz.
Ainſi ont fait précieux cataplaſme,
Plus odorant que cynamome ou baſme.

Doncques voullans leur charge exécuter
Tant vollé ont, ſans en lieu s'arreſter,
Que attaint ilz ont en toute eſiouyſſance
Les doulx climatz & régions de France.
Lors, d'ung doulx œil & vouloir cordial,
Vont aduiſer le grant palais royal,
Auquel eſtoit la noble paciente
Dont nul n'auoit que de ſa mort attente.
Là peurent veoir par cours, chambres & ſalles
Gens eſplourez, de deul triſtes & palles,
Semblablement dames & damoiſelles
Allans piedz nudz aux temples & chapelles
Acomplir veuz, & prier Dieu ſans ceſſe
Pour la ſanté de leur bonne maiſtreſſe.

Pitié adont auec Miſéricorde
Voullans remettre en ſanté & concorde
La dicte dame, alors toute eſplourée
Et de ſanté quaſi déſeſperée,

Vont applicquer leur céleſte oignement
Deſſus ce corps, lequel ſoudainement
Santé receut, vint à conualleſcence ;
Grâces à Dieu des bons garde & deffence !

En ceſt inſtant les miens poures eſpritz
Furent de ioye & plaiſir ſi eſpris,
Que dens mon lit ie treſſaulx & m'eſueille
Comme esbay de la grande merueille
Qu'auoyes ſongey. Toutefſoys Eſpérance
Me promettoit bonne ſignifiance,
Par quoy tantoſt ie m'en vins à la court
Où ie m'enquiz, pour le vous faire court,
De ſa ſanté. Lors me fut dit comment
Il y eſtoit amendé grandement ;
Dont tout ioyeux m'en retourney au lieu
De mon logiz, rendant grâces à Dieu.
Arriué là, me ſuys mys à deſcrire
Mon ſonge tel qui vous a pleu le lire ;
A tant fais fin priant tous orateurs,
Se faulte y a, qu'ilz en ſoyent correcteurs.

De bien en mieulx, Hermine liliale,
Merciez Dieu, qui d'amour cordiale

Donné vous a l'heur de conualleſcence
Où médecins & toute leur ſcience
Auoyent perdu eſpérance totalle.

Puis que bienffait par grâce ſpéciale
Eſt ſatisfait, Dame très intégrale,
Aymez, ſeruez la diuine clémence
De bien en mieulx.
Penſez auſſi à l'amour très loyale
De voz ſubgectz, qui ſans quelque interuale
Ont prié Dieu pour vous en réuérence,
Et s'ainſi eſt, comme ie croy & penſe,
Vous leur ſerez humaine & libérale
De bien en mieulx.

ESPERANT MIEULX.

Eſpérant mieulx. Les gentilshommes de l'intelligence avaient alors leurs deviſes, tout comme ceux de la robe & de l'épée. La plus connue de Jehan Marot était : *Ne trop ne peu*, la ſeule que l'on rencontre dans les éditions de ſes œuvres publiées peu après ſa mort. Ces deviſes étant alors fort à la mode, on en faiſait échange entre amis à titre de bon procédé. Ainſi avons-nous trouvé dans un manuſcrit de la Bibliothèque impériale (Bal. 7652) la deviſe *Qui voit s'esbat* compoſée par Clément Marot pour Jacques Tibouſt, écuyer, ſeigneur de Quantilly, notaire & ſecrétaire du Roi en Berry, avec toutes les lettres du nom du deſtinataire. Celle de Clément Marot était comme on ſait : *La mort n'y mord* ; celle de Michel Marot, ſon fils : *Triſte & penſif*. Jehan le Maire de Belges, ami & maître de Clément Marot, ſignait ſes pièces : *De peu aſſez ;* François Sagon, l'ennemi de Marot : *Velà de quoy*. Ces deviſes étaient encore triſtes ou gaies, ſuivant les diſpoſitions de ceux qui les avaient choiſies ; ainſi Maurice Scève : *Souffrir, non ſouffrir* ; Eſtienne Forcadel : *Eſpoir ſans eſpoir* ; François Habert : *Fy de ſoulas !* Tandis que Jehan Macer diſait au contraire : *Tout à point ;* Guillaume des Autels dans ſes deux deviſes : *Travail en repos*, *Ny rigueur ny douleur*, & enfin un anonyme en belle humeur devançant le docteur Pangloss : *Tout pour le mieulx*. D'autres, comme celle de Marguerite d'Autriche : *Fortune, infortune, fort une*, ſont reſtées inexplicables juſqu'à ce jour. Ces ſignatures énigmatiques cachaient toujours des noms propres qu'il s'agirait de retrouver pour la plupart derrière ce maſque de convention ; ce travail de découverte & de patience ne ſerait pas ſans intérêt pour notre hiſtoire littéraire.

IN PRIN CIPIO
ERAT VER BVM
L P

www.ingramcontent.com/pod-product-compliance
Ingram Content Group UK Ltd.
Pitfield, Milton Keynes, MK11 3LW, UK
UKHW020236220726
13923UKWH00002B/687

9 782019 639549